MIÑAN

Lehen edizioa: 2019ko urria
Hamabigarren edizioa: 2021eko martxoa

Azala eta mapak: Yanaita Araguas
Marrazkiak: Ibrahima Balde

ISBN: 978-84-17051-34-1
Lege gordailua: D-1048-2019

Susa: 317 posta kutxa / 20800 Zarautz
Adoain Aita 92 / 31015 Iruñea
Zubitalde 21 / 48195 Larrabetzu
Telefonoa: 943 83 26 55
Elektroposta: susalit@armiarma.eus
Webgunea: www.susa-literatura.eus

AMETS ARZALLUS ANTIA
IBRAHIMA BALDE

MIÑAN

narratiba
Susa

Miñan,
nire bizitza kontatuko dizut

liburu hau Ibrahima Baldek idatzi du, ahoz
eta Amets Arzallus Antiak idatzi du, eskuz

THIANKOI
GINEA

Mila esker, etxeko eta adiskide,
bidean lagundu diguten guztiei.

Idazten ikasteko ez nuen denborarik izan. Esaten badidazu Aminata, badakit A-rekin hasten dela, eta esaten badidazu Mamadou, pentsatzen dut M batetik abiatzen dela. Baina ez eskatu esaldi oso bat lotzeko, hasi orduko korapilatuko naiz. Aldiz, ekarri erreminta bat, adibidez kamioiak konpontzeko giltza bat, eta utzi mahai honen gainean. Nik berehala esango dizut, "hau hamahirua, edo, hau hamalaua". Mahai guztia giltzaz bete eta begiak estaltzen badizkidazu ere, eskuan sentitu orduko esango dizut, "hau zortzia da".

LEHEN PARTEA

I

Ni Ginean sortu nintzen, baina ez Ginea Bissaun, ez Ekuatore Ginean. Bada beste Ginea bat Konakry duena hiriburutzat. Sei herrialderekin egiten du muga. Hiru esango dizkizut: Senegal, Sierra Leona eta Mali. Han gertatu nintzen sortzean.

Ni fula etniakoa naiz, eta gure hizkuntza pularra da, baina hitz egin nezake malinkez. Susuz ere moldatzen naiz. Ginean hogeita bost hizkuntza hitz egiten dira. Frantsesa ere bai. Hogeita sei. Hori ere badakit, eskolan ikasi nuelako. Baina ni fula naiz, pularrez hitz guztiak dakizkit. Susuz mila hitz baino gehiago. Eta malinkez susuz baino pixka bat gutxiago. Frantsesez ez dakit zenbat hitz dakidan.

Susu hizkuntzan ogia *tami* esaten da, eta aita *baba*. Malinkez ama *na* esaten da, eta mina *dimin*. Ni mundura ekartzean ama hilzorian egon zen, lodiegia nintzelako, eta odol asko galdu zuen. Pularrez odola *yiiyan* esaten da, eta mundua *aduna*.

Nire erditzea Konakryn izan zen, aita han bizi zelako, baina sortu bezain laster herrixkara itzuli ginen, Thiankoira. Thiankoi itsasotik urrun dago, eta Kankalabetik hurbil. Eskualdearen izena Mamu da, eta prefekturarena Dalaba. Ni han bizi izan nintzen bost urtera arte, amarekin. Aita euri garaian etortzen zen, martxoan, amari lurra lantzen laguntzera. Eta nire atzetik beste hiru anai-arreba sortu ziren.

Gure etxean hamabi edo hamahiru behi genituen, eta nik amari laguntzen nion horiek gobernatzen. Beste batzuetan, amak ur bila bidaltzen ninduen, eta putzura joaten nintzen, *puiser de l'eau*. Bestelako lanak ere egiten nituen, arropak garbitu eta bere ondoan egon. Gutxi gorabehera horiek dira nik amarekin ditudan oroitzapenak. Bost urte nituenean aita etorri zen nire bila.

II

Aitak zapatak saltzen zituen. Kalean saltzen zituen baina zapatak etxekoak ziren, *des repose-pieds*. Etxea ez da korrika ibiltzeko lekua. Salmenta postutxoa gure etxetik bostehun metrora zegoen, mahai txiki bat bide bazterrean. Han egoten zen aita egun osoan. Noizbehinka norbait etortzen zitzaion eta hitz egiten hasten ziren, lehenik etxeko zapatez eta gero diruaz. Orduan aita oso pozik jartzen zen. Baina poza ez da gauza luzea. Eta diruaz hitz egin eta gero, bi banbu zati ateratzen zituen mahaipetik eta zulo txiki bana egiten zion bakoitzari. Zati bat aitak gordetzen zuen eta bestea erosleak eramaten. Zorra zuloaren lodieraren araberakoa izaten zen. Holako banbu asko zeuzkan aitak bere mahaiaren azpian. Esaten zuen egun batean zapatak utzi eta txirula jotzen hasiko zela, baina zapatak saltzen segitzen zuen.

Tarteka otoitz egitera joaten zen eta ni bakarrik gelditzen nintzen mahaitxoan. Jendea inguratu eta gure zapatei begira egoten zen. Baina nik, "ezin dizut saldu", esaten nien, "zaharra ez dago hemen, haren zain egon behar dut". Nik ez nuen diruaren tonalitatea ongi ezagutzen, eta ez nekien paper bakoitzak zenbat balio zuen. Oso txikia nintzen. Orduan, zaharraren zain egoten ginen. Zaharra nire aita da, Mamadou Bobo Balde du izena.

Bost urtetik hamahiru urtera bizi izan nintzen aitarekin, Konakryn. Bostetik hamahirura zortzi zenbaki daude, baina Konakrytik gure herrixkara pixka bat gehiago, gutxi gorabehera laurehun eta hogeita hamar. Bakarrik abiatzeko gehiegi. Etxeko zapatekin ezin da hainbeste ibili. Hori esaten zidan aitak, ez nintzela iritsiko. Beraz haren ondoan egoten nintzen gure bide bazterreko mahaitxoan, ama ikusi gabe.

Baina banuen lagun bat, ni baino zaharragoa, ni asko maite ninduena. Behar nuen guztia eskatzeko esaten zidan. Batzuetan zapatak eskatzen nizkion, eta ematen zizkidan. Besteetan jateko zerbait eskatzen nion, eta ekartzen zidan. Anaia txiki baten gisan zaintzen ninduen. Lagun horrek Muhtar zuen izena. Behin, amari gutun bat idazteko eskatu nion, eta idatzi zuen. Biak batera joan ginen Konakryko geltokira eta han beste norbaiti eman genion herrixkaraino eraman zezan. Ez dakit bizikletaz joan zen edo autobusean, baina badakit iritsi zela. Distantzia ez da arazoa gutun batentzat.

Asko gogoratzen naiz ni amarekin. Nire ama Fatimatu Diallo da, eta hilabeteak dira ez dudala harekin hitz egin. Ez daki Europara iritsi naizenik ere.

III

Hau ez zait gustatzen esatea baina nik nire aitari beldurra nion. Esaten zidan, "Ibrahima, ez egin hori", eta ez nuen egiten. Baina batzuetan ahazten zitzaidan eta egiten nuen. Orduan, ohitura bat zuen aitak. Gerrikoa askatu eta agintzen zidan, "Ibrahima, etzan lurrean". Nik, *"dakor"*, esaten nion, eta bost kolpe ematen zizkidan. Edo hamar. Ongi ulertzen nuen zergatik jotzen ninduen, eta saiatzen nintzen berriz ez egiten.

Nire aita ez zen sekula eskolara joan, horregatik haserretzen zen hainbeste ni joaten ez nintzenean. Gauean beti galdetzen zidan, "Ibrahima, gaur joan zara eskolara?". Eta nik egia esaten nion, "bai, joan naiz". Edo bestela, "ez, aita, ez naiz joan, lagunekin egon naiz futbolean jolasten". Baina nik erantzun baino lehen, dena jakiten zuen aitak, galtzak zikinduta ekartzen nituelako. Orduan, gaueko otoitzetik itzultzen zenean, etxera sartu eta esaten zidan, "Ibrahima, badakizu". Lurrean etzaten nintzen eta gerrikoa askatzen zuen. Bost kolpe ematen zizkidan. Edo hamar. Bizkarra berotu arte. Gero, gerrikoa jantzi, otoitz bat egin, eta lotara sartzen ginen.

Maite nuen nik aita. Aitak ere maite ninduen ni. Goizetan hark esnatzen ninduen beti. Nire ondora etortzen zen eta esaten zidan, "Ibrahima, esnatzeko ordua da". Jaiki, otoitz egin, eta eskolara joaten nintzen. Eskola ez zen batere erraza, erakusten ziguten bakarra frantsesa zen. Frantsesa eta beste hiru gauza. Bat, bidea nola zeharkatu. "Begiratzen duzu ezkerrera eta eskuinera, eta gero zeharkatzen duzu". Horretaz gogoratzen naiz. Bi, pertsonak errespetatzen ikasi genuen. Pertsona bat errespetatu behar da, *parce que c'est comme ça*. Eta hiru... ahantzi dut, ez naiz oroitzen, baina uste dut garrantzitsua zela. Hiru gauza horiek ikasi nituen eskolan.

Eskola publikoa zen, baina seigarren urtera pasatu baino lehen abandonatu nuen, ez neukalako sostengurik. Sostengua sosa da, eta sosa beti beharrezkoa da. Nik eskolan segitu nahi nuen baina ezinezkoa izan zen.

IV

Gure aita gizon ona zen, baina gaixotasun bat zuen, diabetesa. Noiznahi ospitalera joaten ginen, eta ospitalera joatean ezin ginen gure mahaitxoan egon. Orduan asko jaitsi ziren salmentak. Eta dirurik gabe gelditu ginen.

Aita galdera zailak egiten hasi zitzaidan, "Ibrahima, nola moldatuko gara orain? Ni ez nago osasun onean, eta zu haurra zara oraindik". Nik esaten nion, "zaharra, ikasketak utzi eta diruaren bila abiatuko naiz". Baina hori ez zuen nahi. "Zu txikia zara", erantzuten zidan, "zuretzat goiz da, hori geroago egingo duzu". Baina gero ez da beti iristen.

Arratsalde batean hamaseiak zero zerotan itzuli nintzen eskolatik. Etxera sartu, pixka bat garbitu, eta kalera jaitsi nintzen aitarengana. Baina egun hartan aitak ez zuen bere buruaren antzik. "Ibrahima, hotzak nago", esan zidan. "*Dakor*", erantzun nion, "etxera joango naiz beroki baten bila, eman hiru minutu". "Azkar ibili", esan zidan. Beroki bat eta aulki bat jaitsi nizkion eta eserita egon zen. Ni merkantziak biltzen hasi nintzen, baina egun hartan aitak ez zuen bere buruaren antzik.

Etxera itzuli ginenean ea gose nintzen galdetu zidan. "Ez, ongi nago", erantzun nion. "Orduan meskitara joango naiz, otoitz bat egin eta etxean naiz". "*Dakor*", esan nion, "hemen itxarongo dizut". Etxera itzuli zenean ea otoitzik egin nuen galdetu zidan. Nik baietz esan nion, baina gezurra zen.

Askotan oroitzen naiz gezur hartaz. Ez nion egia esan, egia oso tristea zelako. Hark otoitz egin bitartean ni pentsatzen egon nintzen. "Aitarik gabe gelditzen banaiz akabo nire bizitza. Bera da laguntzen ahal didan bakarra, ikasketak ordaintzeko diru pixka bat duena". Hori dena pentsatu nuen. Baina ez nion esan. Beste otoitz bat egin, eta lotara sartu ginen. Hogeita batak zero zero izango ziren.

Hogeita hiruak zero zerotan aita berriz esnatu zen. Ni ez nengoen lo. "Buruko min handia dut", esan zidan. Mila frankoko billete bat eman eta medikamentua erostera bidali ninduen. "Paracetamol", esan zuen. Kalera jaitsi nintzenean dena ilun zegoen, botika denak itxita zeuden. Etorbidean beheraino segitu nuen, gutxi gorabehera hiru *kilo*, baina alferrik. Paracetamolik gabe itzuli nintzen etxera. "Ez da ezer", esan zidan aitak, "pasako da", baina gorputza ukitu nion eta sutan zeukan. Hola egon ginen pixka batean biak elkarren ondoan. Eta nik lo hartu nuen.

Goizeko seietan esnatu nintzen. Konturatu nintzen aita lo zegoela. "Aita", esan nion, "jada goiza da, normalean zuk esnatzen nauzu, baina gaur ez nauzu esnatu". Ez zidan erantzun. Hiru aldiz errepikatu nion, eta ez zidan ezer erantzun. Gero bere ohea jo nuen hatz muturrekin, ea esnatzen zen, baina ez zen mugitu. Eskua kokots azpian jarri nion eta izotza ukitzea bezala izan zen. Gorputz guztia ukitu nion. Dena izotza. "Aita", hasi nintzen berriro, "goiza da jada, zuk esnatzen nauzu beti, baina gaur ez nauzu esnatu". Ez zidan erantzun, eta ikaratzen hasi nintzen.

Holakoetan nik ez dakit zer egin behar den, eta etxetik oihuka atera nintzen, "*faabo, faabo*". Hitz horrek gure hizkuntzan *laguntza behar dut* esan nahi du. Auzokoak etorri ziren, eta, "Ibrahima, zer gertatzen da?" galdetu zidaten. "Aitak zailtasun batzuk ditu", esplikatu nien, "sartu eta ikusiko duzue".

Auzoko batek besteari deitu zion, eta beste horrek beste bati. Ni konturatzerako gure etxean mugimendu handia zegoen. Azkenean norbait imamaren bila abiatu zen. Iritsi zenean, lehenik aitari begiratu zion, eta gero niri. Gero berriz aitari. Orduan niregana hurbildu, eta, "Ibrahima, nirekin etorri behar duzu", esan zidan. "Ezin dut", erantzun nion, "hemen gelditu behar dut". "Ez, Ibrahima, nirekin etorriko zara, ezinezkoa da hemen gelditzea", tematu zen imama. "Berdin zait", erantzun nion, "edozer gauza gertatzen dela ere, ni hemen geratuko naiz aitarekin".

Zerbait ezkutatzen ari zitzaizkidala iruditu zitzaidan, eta esan nien: "Ni naiz etxetik laguntza eske atera dena, zerbait gertatzen bada uste dut jakin egin behar dudala arazoa zein den". Aitak bizia galdu zuela esan zidaten.

V

Orain badakit norbait hiltzen denean izoztuta gelditzen dela. Edo beharbada lehenik izozten da eta gero hiltzen, horrekin zalantza daukat. Hori amari esplikatzera joan nahi nuen, eta aholku batzuk eskatzera. Adibidez, "ama, orain zer egingo dut nire bizitzarekin?".

Osaba zahar bat banuen Konakryn, aitaren anaia handia, eta harengana joan nintzen. Esan nion aita hil zela eta amarengana joan nahi nuela herrixkara, baina erantzun zidan ez zeukala dirurik. "*Oke*", esan nion, eta etxera itzuli nintzen.

Etxe txikia zen gurea, gela bakarrekoa. Sukalderik ere ez zuen. Otoitz egiteko txoko bat, eta etzateko ohe bat. Nik lurrean egiten nuen lo, tapiz gainean.

Aitak ehun mila franko ginear ordaintzen zuen hilabetero etxearen alokairua. Ehun mila franko ginear hamar euro da. Bai, hamar. Hola esanik errazagoa ematen du, baina niretzat ez zen batere erraza. Nola ordaindu behar nuen nik etxea? Eta nola ordaindu behar nuen amarengana joateko autobusa? Eskaileretan eseri eta bi gauza horiek pentsatzen egon nintzen. Batez ere bigarrena. Eta hirugarren pentsamendu bat ere banuen haizatu ezin nuena: aita eta bere izotzezko heriotza. Momentu horretan negar egin nuen.

Azkenean auzoko bat etorri zitzaidan. Eta gero beste bat. Eta beste gehiago. Ez ziren aberatsak, denak bizi ginen bloke handi batean, *dans la haute banlieue de Conakry*. Baina bihotz ona zuten. Eskua buru gainean jarri zidaten eta denen artean ni amarengana joateko dirua kotizatu zuten. "*Jaarama buy*", esan nien. *Jaarama buy*-k gure hizkuntzan *mila esker* esan nahi du. "Ez da zeren", erantzun zidaten, eta, "zorte on". Nire zorte guztia arnasa batean irentsi eta kalera jaitsi nintzen.

VI

Konakryn geltoki handi bat dago, guk *gare-voitures* deitzen dugu, *gare-voitures de Bambetto*. Gure herrixkarako autobusak astelehenetan eta ostegunetan abiatzen dira, arratsaldeko seietan. Baina ez dira bertaraino iristen, Kankalaben gelditzen dira. Handik Thiankoira oinez segitu behar da. Beste bederatzi *kilo*. Ni ostegun batean abiatu nintzen Konakrytik, eta Thiankoira ostiral arratsaldean iritsi, eguna ilunduta.

Etxera sartzean ez nuen hitzik esaterik lortu, baina ikusi nindueneko amak pentsatu zuen bazela okerren bat. "Ibrahima, zer duzu?" galdetu zidan. "Ez nago ongi, ama", erantzun nion, eta isildu egin nintzen. Biak elkarri begira egon ginen. "Pentsatzen dut zerbait ezkutatzen ari zarela", esan zidan.

Aulki bat hartu eta nire ondoan eseri zen. Hitz egiten hasi ginen. Aitaren diabetesaz luze hitz egin genuen, eta gero, eskolan zer ikasten ari ginen. "Ibrahima, aitak bizia galdu badu jakin egin nahi dut", esan zidan. "Noski", erantzun nion, eta dena ulertu zuen. Orduan negarrez hasi zen, intzirika, eta aitaren istorioak kontatzeari ekin zion. Pixka bat damutu nintzen. Nik ez nion gau hartan esan nahi aita hil zenik, banekien negar asko egingo zuela eta etxeko denak esnatuko genituela. Baina ez nuen hitzak gordetzen asmatu. Beraz, han egon ginen biak goizaldera arte, aulki banatan eserita, alboz albo.

Goizean nire arreba txikiak esnatu ziren lehenik, Fatumata Binta eta Rouguiatou. Gero nire anaia txikia, Alhassane. Haiek ikustean arima erori zitzaidan. Esperantzarik gabeko etxe bat ginela konturatu nintzen. Eta ni etxeko zaharrena. Badakizu horrek zer esan nahi duen.

Amak argazki zahar bat erakutsi zidan, aitarena. "Aita", esan nuen, eta ez zuen erantzun. "Ama", esan nuen gero, "orain ezingo dut ikasten segitu". Amak ere ez zuen erantzun.

VII

Gure amak pazientzia handia du, baina ez du indar askorik. Indarra esaten dudanean ahala esan nahi dut, eta ahala esaten dudanean dirua. Ama laborari xumea da, hazkuntza pixka bat egiten du. Behi batzuk ditu, eta ahuntzak, eta baratze koxkor bat. Besterik ez.

Aita hil zela esan nionean, "Ibrahima, bi behi salduko ditut", proposatu zidan, "horrekin zerbaitetan hasten ahalko zara". Nik ezetz erantzun nion, behiak beharrezkoak zirela etxean, nire atzetik beste hiru haur zetozelako, baina ez zidan kasurik egin.

Hiru egunen buruan, "Ibrahima, tori dirua", esan zidan, "bederatziehun mila franko". Bederatziehun mila franko ginear laurogeita hamar euro da. "Diru hau garatzeko da", zehaztu zuen, eta nik banekien horrekin zer esan nahi zidan. "Ama, nik ez daukat komertziorako ohiturarik", esplikatu nion. "Gainera, pixka bat pentsatu dut, eta onena beste herrialde batera joatea izango da, hemen ez dago aukerarik". Bi eskuekin buruari heldu eta negarrez hasi zen. Galdetu zidan ea etxetik ihes egin nahi nuen. "Ez, ama, ez da hori".

Azkenean, nire hitzak aintzat hartu eta, *"dakor"*, esan zidan. *"Dakor"*, eta beste bi gauza. Bat, "Ibrahima, zaindu zure burua ongi". Eta bi, "egunero egingo dut otoitz jainkoak begira zaitzan". *"Jaarama buy"*, erantzun nion, mila esker. Eta Konakryra abiatu nintzen.

VIII

Konakryko geltokitik autobus asko ateratzen da, norabide guztietara. Banku batean eseri eta mugimenduari begira egon nintzen. “Liberiara joango naiz”, pentsatu nuen. Ez dakit zergatik, izenagatik beharbada, esateko erraza delako. Sierra Leona luzeagoa da, eta Boli Kosta ere bai. Gainera norbaitek esan zidan haur batentzat lantxo bat bilatzeko aukera gehiago zegoela Liberian. Uste dut horregatik ere hautatu nuela, nahiz eta ni ordurako ez nintzen haurra. Hamahiru urte nituen.

Minibus baten aurrealdeko kristalean idatzirik ikusi nuen: Li-be-ri-a. Baina gidariarengana hurbildu nintzenean ezetz egin zidan buruarekin, “ezin zaitut eraman, txikiegia zara”. “Hamahiru urte”, esan nion. “Txikiegia zara”, berretsi zidan.

Pixka bat insistitu ondoren, han familiarik banuenez galdetu zidan. Ezetz erantzun nion. “Eta zertara zoaz hara?”. “Baduzu denbora pixka bat?” galdetu nion. “Minibusa hemendik hogeita zortzi minutura abiatuko da”, zehaztu zidan. Eta nire kasua esplikatzen hasi nintzen.

Dena ongi entzun zuen. “Eramango zaitut”, esan zidan, “baina minibusaren sabai aldean joan beharko duzu, *dans le porte-bagages*”. “Mila esker”, erantzun nion. Eta gora igotzen hasi nintzen. Afrikan ez da hemen bezala, han merkantziak autobusaren bizkar gainean ibiltzen dira.

Maleta denak erdialdean zihoazen eta ni ertz batean eserita, hankak zintzilik. Bidea luzea izan zen, hiru egun. Ipurdia pixka bat minberatu zitzaidan, eta kopeta berotu. Hiru egunean gauza asko pentsatu nuen. Bat, zergatik aukeratu nuen Liberia. Bi, zer egingo nuen hara iristean. Hiru, nolatan utzi nituen ama, Alhassane, Fatumata Binta eta Rouguiatou etxean. Eta lau, "noiz iritsiko gara?".

Minibusa frenatzen hasi zenean egunsentia zen. "Monrovia" oihukatu zuen norbaitek eta mundu guztia eskaileretatik jaitsi zen. Gero, gidari gaztea *porte-bagages* gora igo, eta bakoitzari bere maleta botatzen hasi zen. "Zuk ere hemen gelditu behar duzu", agindu zidan. "*Oke*", erantzun nion, eta salto batean hartu nuen lur.

IX

Liberian hitzak asko aldatzen dira, batez ere hitzen musika. Han beste hizkuntza bat erabiltzen du jendeak. Merkatuari *market* deitzen diote, eta Monrovian *market* handi bat dago, Watazai izenekoa. Hitz hori frantsesez dela uste dut, *Watazaaai*. Frantsesez *a* hori pixka bat luzatu behar da. Ingelesez *Waterside* esaten da, ur ertzeko herria.

Watazai merkatu izugarria da, nire begiek ez dute sekula holakorik ikusi. Usain arraro asko nahasten da, eta jendea zama handiak hartuta ibiltzen da oinez, askotan ezinean. Ni haiei laguntzen hasi nintzen. Norbait karga handiarekin ikusten banuen, poltsa bat hartu eta harekin joaten nintzen. Gero zerbait ordaintzen zidan. Hiru libati, zazpi libati, edo hamabost libati. Eta poliki-poliki diru pixka bat irabazten hasi nintzen.

Hamahiru urterekin zamak eramatea ez da lan erraza. Ni artean txikia nintzen eta garraiatzen nituen kartoiak ordurako handiak ziren. Kartoiak fruituz beteta zihoazen, batzuetan ananaz eta besteetan ahuakatez. Edo bestela jantziz. Eta baziren beste batzuk, nik ez dakit zer zeramaten barruan, baina indarrik gabe uzten ninduten. "Ezin dut", esaten nion jendeari, "kartoi hau ni baino indartsuagoa da". "*Oke*", erantzuten zidaten, "beste norbait bilatuko dugu". Eta ez zidaten sosik ematen.

Azkenerako Watazaiko jendeak nirekin konfiantza hartu zuen, eta nire izenez deitzen ninduen. "Ibrahima, etorri *colis* hau eramaten laguntzera", edo, "Ibrahima, tori dirua". Hori niretzat garrantzitsua da, hurbiltasuna erakusten du. Baina gauero ni ezagutzen ninduten denak desagertu, eta bakarrik gelditzen nintzen. Orduan geltokira itzultzen nintzen. Han, lurrean kartoiak zabaldu eta ohe txiki bat egiten nuen. Liberian kalean lo egiten ikasi nuen.

Hiru hilabetean hala bizi izan nintzen, lana merkatuan eta loa geltokian. Azkenean denboraren kontzientzia pixka bat galdu nuen. Beraz, orain kontatu nahi dudana ez dakit zehazki zein egunetan zen, baina badakit asteburua zela, larunbata edo igandea.

Gizon bat ikusi nuen garaje batean. Mekanikan ari zen, eta eskuak zikinak zituen. Ni hari begira gelditu nintzen, eta hura niri. "Ginearra zara?" galdetu zidan. "Bai", nik. "Bagara bi", hark. Bizkarra eman eta lanean segitu zuen. Bi minutu, beharbada hiru. Atzera begiak jiratu eta, "zertara etorri zara Liberiara?" galdetu zidan. "Nire etorkizuna planifikatzera", erantzun nion. "Gurasorik baduzu hemen?". "Ez". "Lan egiten duzu?". "Merkatuan jendeari laguntzen diot zamak eramaten". "Eta uste duzu modu horretan planifika zenezakeela etorkizuna?". "Ez, baina ez daukat beste aukerarik". Berriro isildu zen, eta hala egon ginen luzaroan, ni hari begira eta hura lanean.

"Nik ere nahiko nuke lan bat", ausartu nintzen. Ez zidan erantzun. Kamioi baten motorra konpontzen ari zen. Bukatu zuenean burua altxatu eta, "zer lan egin nahiko zenuke?" galdetu zidan. "Gidaria izan nahiko nuke, txikitatik gustatzen zaizkit kamioi astunak, gazte bat ikusten badut kamioia gidatzen begira-begira egoten naiz". Hori dena segidan eta gelditu gabe esan nion. "Ni kamioi gidaria naiz", erantzun zidan, "baina zu txikiegia zara aprendiz hartzeko. Zenbat urte dituzu?". "Hamahiru". "Txikiegia zara". "Badakit, baina moldatuko naiz, zuk nik egin nezakeen guztia eskatu eta egingo dut". Bi aldiz errepikatu nion hori, eta itxaroteko esan zidan, denbora pixka bat behar zuela pentsatzeko. "*Oke*", erantzun nion. Eta merkatura itzuli nintzen.

X

Fruituz betetako kartoiak garraiatuz pasatu nituen hiru egun. Sorbalda minberatua nuen. Asteartea zen, edo asteazkena, orain ez dakit. Garajean ezagutu nuen gizona merkatura azaldu zen, baina nik ez nuen ikusi. Pakete handi bat garraiatzen ari nintzen. Hark atzetik segitzen ninduen, baina ni ez nintzen ohartzen. Paketea pausatu nuenean, “Ibrahima”, deitu zidan, eta burua itzuli nuen.

“Bazkaldu duzu?”, galdetu zidan. “Ez”, erantzun nion, eta ondoko ostatura eraman ninduen. Arroz pixka bat eskatu zuen biontzat eta aurrez aurre eserita jan genuen, biok katilu beretik. “Ibrahima, ez zaitut berriz holako lanak egiten ikusi nahi, hori astunegia da zuretzat”. “Badakit, baina ez daukat beste aukerarik, horregatik egiten dut”. “Nahi baduzu zatoz nirekin, aprendiz hartuko zaitut”.

Esaldi hori izan zen nire bizitzako lehen lan-kontratua.

Gizon haren izena Tanba Tegiano zen, eta gidatzen zuen kamioiarena Behn. Behn oso kamioi handia zen eta ni txikiegia nintzen hura gidatzeko, baina beste gauza asko egiten nuen. Olioa bota, gurpilak puztu, edo karga lotzen lagundu. Karga lotu ezin nuenean gainean eserita joaten nintzen. “Hola gutxiago mugituko da”, esaten zuen Tanbak.

Aprendiz egin nituen sei hilabeteetan kamioien tik-tak asko ulertu nuen. Pertsonenak ere bai. Adibidez Tanba ez zen musulmana, ez zituen Koraneko bertsoak irakurtzen, eta ez zituen eguneko bost otoitzak egiten. Beste talde batean jokatzen zuen, katolikoekin. Katolikoek beste taktika batzuk dituzte, beste ohitura batzuk. Hori dena esplikatu zidan Tanbak. Eta nik, "lasai, Tanba" esan nion, "zure Behn kamioia oso handia da eta barruan jende asko kabitzen da".

Tanba gizon ona zen, ez dakit nola eskertu nigatik egin zuen guztia. Jatekoa eman zidan, jantziak eman zizkidan, eta familia bat. Sei hilabetez haren etxean bizi izan nintzen. Tanba, bere emaztea, eta bi haur, guztira lau pertsona. Nirekin bost. Haiek gela batean egiten zuten lo eta nik salan, tapiz gainean.

Egun batean etxera deitu nuen.

Amak hartu zuen, "*alo?*". Galdetu nion ea zer moduz zegoen, eta, "*jam tun*", erantzun zidan. Hitz horrek pularrez *ondo* esan nahi du. Baina gero anaia txikiari eman zion telefonoa, eta hark ez zidan "*jam tun*" esan. "Ibrahima, ama ez dago ondo, osasun aldetik zailtasun batzuk ditu. Nik ez dut dena ongi ulertzen baina pixka bat ikaratuta nago, ahal baduzu etxera itzuli behar duzu". "*Oke*", erantzun nion, eta telefonoa pausatzean eskua pixka bat izoztu zitzaidan. Tanbari zerbait esan nahian hasi nintzen.

"Tanba, nire ama ez da ongi sentitzen, zure baimena nahi nuke Gineara itzultzeko". "Ibrahima, oraintxe hasi zara kamioi astunen mundua pixka bat ulertzen, eta orain, joan egin nahi duzu?". "Ez, ez da hori", azaldu nion, "nik hemen gelditu nahi dut, baina joan egin behar dut, ama oso gaixo dago, Alhassanek eskatu dit itzultzeko". Tanba isilik gelditu zen, eta, "badakit", esan zidan, baina nik ez nuen ulertu zer zekien. "Nahi baduzu deituko dugu berriro", insistitu nion, "hitz egin zuk amarekin, edo Alhassanerekin, nire arrazoiak hobeto ulertzeko". Berriz isildu zen, eta "badakit", esan zidan, "ulertzen dut, joan behar baldin baduzu lagunduko dizut".

Zaku handi bat eman zidan, dena arropaz betea. Eta diru pixka bat. Sosa poltsikoan eta zakua bizkarrean hartu eta Konakryra itzuli nintzen. Konakrytik zuzenean hartu nuen Kankalaberako autobusa. Handik Thiankoira, oinez.

XI

Etxera itzuli nintzenean ama oso ahul aurkitu nuen. "Ospitalera eramango zaitut", esan nion. "Ospitalera? Nola?" galdetu zidan. "Zu lasai, ama, nik badakit". Badakizu nola eraman nuen? Hola, bizkarrean hartuta, konkolotx.

Gure etxetik ospitalera bederatzi *kilo* daude, ia-ia hamar. Oinez egin genuen bide osoa, eta pauso bakoitza balentria bat zen. Nekatzean, makurtu, eta lurrean uzten nuen ama, pausa bat hartzeko. Gero, lau hankan jartzen nintzen, eta, "igo", esaten nion. Hartu bizkarrean eta berriz abiatzen ginen. Anaia txikia nire ondoan zetorren. Noizean behin, "ez da asko falta", esaten zuen. Zazpi aldiz esan zuen gutxienez, "ez da asko falta". Azkenean iritsi ginen.

Ospitalean, hiru edo lau ordu egon ginen itxarongelan. Halako batean medikua etorri zen eta esan zigun amak likidoa blokeatuta zeukala gorputzean, "bi litro ur gutxienez", zehaztu zuen. Medikamentu batzuk errezetatu, eta, "joan zaitezkete", agindu zigun. "Gure etxea hemendik urrun dago", erantzun nion nik. "*Oke*", ulertu zuen, "zuen ama nik eramango dut motoan, baina zuek oinez joango zarete". "*Dakor*", erantzun genion Alhassanek eta biok.

Itzulerako bidea hitzez egin genuen, hitzez eta oinez. Eta arinago.

Lehenik bere sabel barruan, bederatzi hilabete, edo gehiago. Gero bularrean, edo bizkarrean, beste zenbat urte? Zure gorputza garbitu, jaten eman, noizbait handitzen zaren arte. Horregatik, Gineako fulok, badugu esaera bat, eta honela dio:

Nahiz eta ama bizkarrean hartu
eta Mekaraino oinez eraman,
ez duzu zentimo batez ere ordainduko
hark zugatik egin duen guztia.

XII

Nik, aukeran, nahiagoko nuen seme zaharrena ez izan. Beharbada bigarrena, edo azkena, baina zaharrena ez. Horrek gauzak pixka bat aldatuko zituen. Baina hori jainkoak erabaki du, eta nik ezin dut ezer esan. Gure etxera ni lehen posizioan iritsi nintzen, eta bigarren posizioan Alhassane.

Liberiatik itzuli nintzenean Alhassane haurra zen artean, baina gauzak ulertzen hasia. Falta izan nintzen denboran asko handitu zela iruditu zitzaidan. Etxeko zaharrena zarenean askotan gertatzen da hori, ardurak gorputza luzatzen du. Gainera bere irakasle denek esaten zuten, "haur honek gauzak azkar ulertzen ditu".

Ama ospitalera eraman genuen egunean, "*koto*, zuk zer egingo duzu orain?" galdetu zidan. *Koto*, gure hizkuntzan, *anaia handia* da. "Ama gaixo dagoen artean ni etxean geratuko naiz", erantzun nion, "ez naiz Liberiara joango". Alhassanek ez zuen ezer esan, baina oso pozik jarri zen. Irri egin zuen, ezpainekin. Eta begiekin.

Alhassane goizean goiz abiatzen zen eskolara, etxetik hara bide luzea zuelako. Gutxi gorabehera bederatzi *kilo*. Eta bere pausoak laburrak zirelako. Hamaika urte zituen. Egun batean bizikleta zahar bat ekarri nion, eta harekin azkarrago egiten zuen joan-etorria.

Etxera itzultzen zenean, putzuan arropak garbitzen nengoela jakiten bazuen, nire ondora etortzen zen eta ezer galdetu gabe hasten zen laguntzen.

Alhassanek bazekien gure etxeko ahalen heina zein zen. Eta ez zuen inoiz ezer eskatzen. Ni ohartzen nintzen zerbait nahi zuela, agian oinetako berri batzuk, edo jantzi politak, berak ere ikusten zituelako bere lagunak halakoekin. Baina ez zuen inoiz ezer eskatzen, bazekien ezin genuela. Nik bere begietan ikusten nuen dena, eta ahal nuena ematen saiatzen nintzen. Batez ere eskolara pozik joan zedin. Aitak enkargu hori utzi zidan, "Ibrahima, zu saiatu ahal duzun guztia egiten Alhassanek ikasten segi dezan".

Esaldi horrekin askotan oroitzen naiz orain.

XIII

Azkenean bi urte pasatu nituen etxean. Egun askotan ama indarrik gabe jaikitzen zen, eta hamaka batean etzan behar izaten nuen. Orduan ni bihurtzen nintzen ama. Ur bila joaten nintzen putzura, eta egurra ekartzen nuen. Gero behiak gobernatzen nituen, eta arreba txikien katiluak garbitzen. Etxeko lanak holatsu dira. Etxe gehienetan amak egiten ditu baina gurean nik egiten nituen.

Lan horien artean bazen bat nik maite nuena. Arreba txikiak bizkarrean hartzea. Horretarako oihal batekin korapiloa egin behar da. Hemen ez da asko ikusten, baina Afrikan denek ezagutzen dute haurrak lepora lotzeko korapiloa. Pixka bat konplikatua ematen du, baina bi aldiz egiten baduzu hirugarrenez lotzea ez da oso zaila. Inportanteena oihala luzea izatea da.

Nik bi arreba txiki ditut, Fatumata Binta eta Rouguiatou. Uste dut hori lehenago ere esan dizudala. Rouguiatou txikiena da eta hola idazten da: Rou-gui-a-tou. Fatumata Binta pixka bat zaharragoa da, hiru edo lau urte, eta idazteko ere luzeagoa da. Baina ahoz esaten denean Fatumata jaten da, eta Binta bakarrik esaten da.

Nire bi arreba txikiak ez dira sekula eskolara joan, baina azkena telefonoz hitz egin nuenean Bintak esan zidan ikasten hasi nahi zuela. Nik, "noski", erantzun nion, "orain handitzen ari zara, eta eskolara joan behar duzu, eta gero ofizio bat ikasi". "Adibidez zer?" galdetu zidan. "Beharbada josten, edo brodatzen, gustatzen zaizu hori?". Baietz erantzun zidan.

Gero, Rouguiatouri eman zion telefonoa, eta galdetu zidan ea egun batean ikusiko dugun berriro elkar. Nik, *"inshallah"*, erantzun nion, "horixe da nik nahi dudana", eta esan zidan egunero oroitzen dela nirekin, pentsamendu hori hasten dela bere buruan eta ez dela sekula bukatzen. "Eta zergatik pentsatzen duzu nirekin eta ez Alhassanerekin?". "Galdera horri ezin diot erantzun, *koto*, baina uste dut amak eta zuk gauza batzuk ezkutatzen dizkidazuela".

Rouguiatouk orain hamaika urte izango ditu, edo hamabi. Ez dakit ziur.

XIV

Hamasei urte bete arte egon nintzen Thiankoin, ahuntzak eta behiak gobernatzen, eta arreba txikien arropak garbitzen. Alhassanek ere asko laguntzen zidan. Noizbehinka, lana pixka bat lasaitzen zenean, aulki banatan eseri eta hizketan egoten ginen. "Bizitza ez da erraza", esaten zuen batek. "Ez, ez da erraza", laguntzen zion besteak. Eta etorkizuna planifikatzen hasten ginen.

"Alhassane, zuk ikasten segitu behar duzu, begi handiak dituzu eta horiekin gauza asko ikasiko duzu". Ernea zela esan nahi nion, baina ez dakit ulertzen zuen. Bere gogoa aldatzen ari zela ohartzen hasia nintzen.

Egun batean, "*koto*, nik ere zuri laguntzen hasi nahi dut", esan zidan. "Lagundu nola?" galdetu nion. "Ofizio bat egin nahi nuke". "Baina zer ofizio?". "Ez dakit". Eta isilik gelditu zen, ez zekien zer esan. "Motoen mekanika adibidez", aipatu zuen.
 "Ez, Alhassane, zu txikia zara oraindik, ez dituzu

hamalau urte, ikasten segitu behar duzu". "*Oke*", etsi zuen.

Ez zen ausartzen niri ezetz esaten, baina bere gogoa definitiboki aldatzen ari zen. Eskolan ez zuen segitu nahi, eta prest zegoen noranahi joateko. Orduan, "Alhassane, goazen ibiltzera", proposatu nion. Eta nire bizitza esplikatzen hasi nintzen. Bost urtetik hamahirura nola bizi izan nintzen Konakryn, aitaren bide ertzeko mahaitxoan. Eta gero sei hilabetez Liberian, Tanbaren kamioian. Orain arte kontatu dizudan guztia.

"Hori dena nik badakit", esan zidan.

Halako batean, ama indartzen hasi zen, eta horrek nire lekua aldatu zuen. Orduan, gau batean bere ondora hurbildu, eta, "barkatu, ama", ekin nion. "Esan", erantzun zidan, "zer da?". "Pixka bat pentsatu dut eta berriz Konakryra abiatuko naiz, hango aktualitatea zer den ikusi nahi dut". Ama isilik geratu zen, burua makurtuta. "Bai, ama, Konakryn diru pixka bat irabazteko esperantza daukat, bestela Alhassanek eskola utziko du". Hori esan nuenean negar egin zuen amak, eta musu bat eman zidan belarri ondoan.

Biharamun goizean abiatu nintzen Konakryra.

XV

Nzerekore Gineako eskualde baten izena da, Konakrytik hara gutxi gorabehera mila eta hirurehun *kilo* daude. Ni han ibili nintzen hiru edo lau urtez, kamioi batean, gidari batek aprendiz bezala onartu ninduelako. Aste batean Konakrytik Nzerekorera joaten ginen, eta hurrengo astean Nzerekoretik Konakryra itzuli. Gizon hark asko egin zuen nire alde, ofizioa erakutsi zidan.

Gogoratzen naiz gau batez nola gindoazen Banankoro aldera, mendian gora. Kamioia oso kargatuta generaman eta sufritzen ari zen. Ni konturatzen nintzen horretaz baina isilik nengoen, kamioiari pixka bat laguntzen saiatzen nintzen. Halako batean ka-ka-ka-ka-ka... harrabotsa entzuten hasi ginen. Nagusiak behera jaisteko esan zidan eta zarata hori nondik zetorren begiratzeko. Jauzi egin nuen kanpora. "Sartu lehen abiadura eta egin poliki aurrera", agindu nion. Hala egin zuen. Baina, ka-ka-ka-ka-ka... berriro karranka. "Zarata hori zubiaren azpiko aldetik dator", esan nion, eta hark, *"le roulement"*, erantzun zidan, *"le roulement est gâté"*.

Kamioia baztertu eta bide erdian jarri ginen, ea norbait pasatzen zen. Hogei minutu, berrogei minutu, ordubete. Han pasatzen zen bakarra denbora zen. Azkenean moto bat agertu zen ilunpetik eta hura geldiarazi genuen. Nagusia Banankororaino joan zen errodamendu berri baten bila. Ni kamioia zaintzen gelditu nintzen, bide bazterrean.

Handik bi egunera itzuli zen nagusia.

Orain badakit arazoa noiz dagoen motorrean eta noiz zubian. Motorraren ahotsa ongi ezagutzen dut, eta ahotsaren aldaketak ere bai. Baina arazoa elektrikoa bada, ez dakit zer egin behar den. Gidatzen bai, badakit pixka bat, batzuetan uzten zidan nagusiak. Hiru edo lau *kilo,* kamioia hutsik zihoanean, eta bihurgunerik ez zetorrenean. "Ibrahima, ekarri bidoia", esaten zidan, eta nik hamar litroko bidoia ematen nion eskura. Gidariaren eserlekuan kokatzen zuen, eta, "zatoz", agintzen zidan. Ni bidoi haren gainean esertzen nintzen, eskuak bolantean.

Hola ikasi nuen gidatzen.

XVI

Egun batean, Nzerekoren geundela, nagusiak telefonoa eman zidan etxera dei nezan. Denbora pixka bat bazen Thiankoin zer gertatzen zen ez nekiela. Hots egin eta amak hartu zuen, "*alo?*". "Ama, Ibrahima naiz, zer moduz zaude?". "*Jam tun, alhamdoulillah*, eta zu?". "Ni ere ongi, jainkoari eskerrak". Ohiturazko bi edo hiru esaldi horiek eta gero, berriz galdetu nion, “ama, ongi zaude?”. “Bai, ni ongi nago, baina bada hiru aste ez dudala Alhassaneren berririk. Etxetik alde egin zuen eta ez dut ezer jakin ordutik, zuk badakizu zerbait, Ibrahima?”.

Nik ez nekien ezer. Hiru edo lau urte neramatzan etxetik urrun, eta denbora hartan hiru aldiz bakarrik hitz egin nuen Alhassanerekin. Ez zidan behin ere adierazi inora abiatzeko asmoa zuenik.

“Eman denbora pixka bat”, esan nion amari, “saiatuko naiz zerbait jakiten”.

Konakryra itzultzean aitaren anaia zaharrarengana jo nuen, Alhassane handik pasatu ote zen jakiteko. Ezetz esan zidan, ez zekiela ezer. “*Oke*”, erantzun nion. Eta garajera itzuli nintzen.

Denborak aurrera egin zuen, aste batzuk, agian hilabete bat, edo gehiago, Alhassaneren berririk gabe. Herrixkara itzultzea erabaki nuen, amarengana.

Konakryn bi arroz zaku erosi, eta autobusez joan nintzen Kankalaberaino. Handik Thiankoira oinez, arroza bizkarrean. Ama etxe atzean aurkitu nuen, baratzean. “Ibrahima”, esan zidan. “Ama”, erantzun nion, “nik ez nekien ezer”.

Astebete egin nuen etxean, eta Alhassaneren hutsune hartan nire ahulezia sumatzen hasi nintzen. Ahulezia esaten dudanean errua esan nahi dut. Bai, nire errua. Ikasketetan laguntzeko hitza eman niolako, baina ezin izan nuen, aprendiz soil bat nintzen, ez nuen sosik irabazten. Eta alde egin zuen.

Etxe aurrean laranjondo bat zegoen, aitak landatua. Haren ondoan eseri eta pentsatzen nuen, “anaia txikia non ibiliko ote da?”. Binta eta Rouguiatou hurbiltzen zitzaizkidan eta ez nien kasurik egiten. Ezin nuen. Joan egin nahi nuen. Liberiara, Malira, Sierra Leonara, Mauritaniara, norabait, joan, anaia txikiaren arrastoaren bila.

Amari galdera asko egin nizkion hark zer pentsatzen zuen jakiteko, eta amak, “Ibrahima, zu itzuli Konakryra”, erantzun zidan, “ez utzi zure aprendizgoa, berriren bat iristen denean nik abisatuko dizut”. “*Dakor*”, esan nion, eta Konakryra itzuli nintzen.

Zama astunak garraiatzen ikastera.

XVII

Hilabete batzuk joan ziren, deus jakin gabe, eta goiz batean Konakryko lagun bat etorri zitzaigun garajera. Ostirala zen, kamioiari filtroak aldatzeko eguna, olioa ere berria. “Ibrahima”, esan zidan, eta burua itzuli nuen. “Zure amak deitu dit, Alhassaneren notiziak iritsi dira”. “*Ah bon?*”. “Bai, Alhassane Libian dago”. Isilik gelditu nintzen. Berriz esan zidan, “Libian dago”.

Arnasa hartu nuen, zintzurra minberatzen duen arnasa. “Ume bat da, azkena ikusi nuenean ez zituen hamalau urte, zeren bila joan da Libiara? Eta nola erabaki du hara joatea niri ezer esan gabe? Ez zen hori bion artean adostu genuena". Hori dena pentsatu nuen. Eta gauza gehiago, "nola iritsi da Libiaraino dirurik gabe?".

Arratsalde hartan amari deitu nion. "Ama, nork esan dizu Alhassane Libian dagoela?". "Ibrahima, berarekin hitz egin dut, eta berak esan dit". "Eta ziur zaude ongi ulertu diozula?". Hori galdetu nionean ama pixka bat haserretu zen. "Ibrahima, ez duzu kontsideratzen zure ama esaten ari zaizuna?". Baietz erantzun nion, baina ni ez nengoen ziur, zeren eta nire amak ez du sekula ikusi Afrikako mapa, eta ez da ohartzen Libiarainoko bidearen distantzia luzeaz. Zuk esango diozu, "hemen dago Libia, hor Aljeria, eta han Maroko", eta amak, *"oke"*, erantzungo dizu, baina jakin gabe.

"Ibrahima, Alhassane Libian dago", esan zidan berriro. Eta telefono zenbaki bat eman zidan. "Alhassanek zenbaki honetatik deitu du, zuk dei iezaiozu, saiatu berarekin hitz egiten". *"Dakor"*, erantzun nion.

Telefonoa mozterakoan, "Libian dago", pentsatu nuen. Libian.

XVIII

Hiru aldiz deitu nuen amak emandako zenbakira eta ez zuen inork erantzun.

Laugarrenean bai, *"alo?"* esan zuen zahar batek. Nik, "Alhassane?" galdetu nuen, eta ahots zaharrak, "zaude", erantzun zidan. Oihuka hasi zen, "Alhassane Balde? Alhassane Balde?". Handik gutxira berak hartu zuen telefonoa.

Hitz egiten hasi ginenean haurra negarrez hasi zen.

"*Miñan*, zeren bila joan zara Libiara?" galdetu nion. *Miñan* hitzak pularrez *anaia edo arreba txikia* esan nahi du, haurride gazteagoari esaten zaio. Erantzun zidan Europara iritsi nahi zuela. "Eta Europara joan zaitezke niri ezer esplikatu gabe?". Barkatzeko erantzun zidan, lagundu egin nahi zidala, baina ez zekiela nola. "*Miñan*, jainkoak bakarrik lagun gaitzake, ez beste inork". "Badakit", esan zidan. Eta luze hitz egin zuen.

"Gauza bakarra eskatzen dizut, *koto*, ez ahaztu ama. Ez pentsatu beste ezertan, ez pentsatu nola alde egin dudan etxetik, ez pentsatu nola utzi dudan eskola. Nik laguntzeko bide bat hartu nahi nuen, gure atzean ez dagoelako etorkizunik. Begiratu dut, eta ez dago". "Badakit, *miñan*", erantzun nion, "hori dena badakit".

Laster, telefonoaren kreditua agortzen hasi zen, eta non zegoen galdetu nion. Erantzun zidan Sabrathan zegoela, Baba Hassan izeneko errefuxiatu eremu handi batean, itsasoa zeharkatzeko aukera baten zain. “Kontuz ibili, *miñan*”, erregutu nion. Baietz esan zidan, kontuz ibiliko zela. Hitz ematen zidala.

Handik hiru edo lau egunera abiatu nintzen beraren bila, Konakrytik Sigirira zihoan minibus batean. Hamarrak zero zero ziren.

BIGARREN PARTEA

I

Sigirira biharamun arratsaldean iritsi nintzen, hamaseiak zero zerotan. Ilundu arte han egon nintzen, pentsatzen, "nola segituko dut aurrera?". Bamakora joan nahi nuen, baina ez zen merkea, nahiz eta amak hiru ahuntz saldu. Galdezka ibili nintzen han eta hemen, eta azkenean kamioi gidari bat ikusi nuen.

"Nora zoaz?" galdetu nion. "Bamakora", erantzun zidan, "hamabostero egiten dut Konakrytik Bamakorako joan-etorria". "Ni ere askotan ibili naiz kamioian", aipatu nion, "badakit gidariari trabarik egin gabe joaten". Isilik gelditu zen, begira. Aurpegira, gorputzera, poltsikora. "Zenbat diru dakarzu?". "Gutxi". "Hogeita hamahiru mila franko ematen badizkidazu eramango zaitut". "*Oke*".

Atzeko atea ireki, eta, "igo", esan zidan. Gari artean gordeta egin nuen bidea.

Bamako bidegurutze bat da. Bide asko iristen da hara, eta gero berriz abiatzen dira. Bideak, jendea, eta merkantzia. Inor ez da han gelditzen. Geltokian, susuz hizketan aditu, eta, "ginear batzuk dabiltza hemen", pentsatu nuen. Haietako bati, "Gaora hemendik joaten al da?" galdetu nion. "Ez", erantzun zidan, "Gaora doazen autobusen geltokia ez da hau, hau Gineako parkea da. Gaoko parkea han dago". "Nik ez dut Bamako ezagutzen", esan nion. "Zatoz nire atzetik", erantzun zidan.

Bamakoko kaleetan zehar ibili ginen. Lehenik eskuinera, gero ezkerrera, gero ez dakit nora. Orain ez naiz gogoratzen. Baina iritsi ginen.

Gaoko parkea oso handia da. Han, jende asko zegoen. Batzuk bankuetan lo, besteak kafea hartzen. Batzuk haurra bizkarrean lotzen, besteak kontutan. Txarteldegira hurbildu eta, "Gaorako autobusak zenbat balio du?" galdetu nuen. "Bamako-Gao, bederatzi mila franko", erantzun zidan saltzaileak. Maliko dirua ere frankoa da, baina CFA izena du, eta ez da Ginean bezala kontatzen. Malin, bederatzi mila franko, gutxi gorabehera, hamahiru euro da. "*Oke*", esan nion saltzaileari, eta tiketa eman zidan.

Bidean ilun egiten zuen eta autobusak lo hartu zuen. Esnatu nintzenean basamortua zen.

II

Gaorako bidea luzea da. Eta ez da erraza. Beroak kristala erretzen du, eta kristalak belarria. Autobusa ez da gelditzen. Lo hartzen duzunean ere autobusak aurrera segitzen du. Aurrera, urrun, gau bat baino urrunago.

 Bi gau. Eta hiru. Eta Gao.

Autobusa zubi baten ondoan gelditu zen, eta denak han jaitsarazi gintuzten. Zubiaren alde batean Maliko soldaduak zeuden, eta beste aldean tuaregak. Nik biak ikusten nituen, eta biek zeramatzaten armak. Bakoitzak bere aldea zaintzen zuen, gerra batean bezala. Baina gu iritsi ginenean keinu egin zioten elkarri, eta mugimenduak koordinatu zituzten.

Bai, trafikoa elkarrekin antolatua dute. Migranteen trafikoa.

Autobusak zubi sarreran utzi ninduen, Maliko soldaduen ondoan, baina ezin izan nuen zubia oinez igaro. "Stop", abisatu zidan soldaduak, "egon hor". Zubiaren beste aldetik tuaregen pick-upa etorri zen nire bila, eta hark eraman ninduen. Maliko soldaduak dena ikusi zuen eta ez zuen ezer esan.

Pick-upean bederatzi pertsona gindoazen, eta bidean gizon armatu bat galdezka hasi zitzaigun, "Musa Onze edo Musa Kone?". Musa *Onze* gerrako buru bat da, eta Musa *Kone* beste bat, bien artean Mali iparralde osoa kontrolatzen dute. Hori orain badakit, baina orduan ez nekien ezer, lehen aldia zen izen horiek entzuten nituena. "Nik ez daukat hemen inongo kontakturik", esan nien. "Aljeriara joan nahi duzu?" galdetu zidaten, eta, *"oui"*, erantzun nien.

Baina ez ninduten eraman.

Pick-upa pareta handi baten ondoan gelditu zen. Paretaren erdian ate txiki bat ireki zen, behetik gora, eta barrura bultzatu ninduten. "*Allez*, sartu horra". Barrua, eremu itxi bat zen, horma eta sarea. Eta horma artean jendea, jende asko, preso. Ez dakit zenbat izango ginen, ehun eta hirurogei, ehun eta laurogei, ez dakit. Zenbakiak handiak direnean zaila da kalkulatzea, baina asko ginen. Denak ni bezalakoak.

Zaintzaileek dirua eskatzen ziguten, "ordaindu eta Aljeriara joango zara". Eta gero fusila altxatzen zuten, "ordaintzen ez baduzu akabatu egingo zaitugu". Hori egiten zutenak ez ziren haurrak, ni baino adintsuagoak ziren, eta bazekiten zertan ari ziren.

Nik amaren hiru ahuntzak utzi nizkien, zazpiehun mila franko ginear, hirurogeita hamar euro. "Ez duzu gehiagorik?". "Ez". Nire izena zerrenda batean idatzi zuten, eta handik egun batzuetara kamioi bat etorri zen gure bila.

III

Kamioira laurogeita hamalau pertsona igo ginen, ehun ken sei. Kidalen, denak jaitsi eta banan-banan berriz kontatu gintuzten. "Berrogei, hirurogei, laurogei, gehi hamalau, laurogeita hamalau, *c'est oke*". Eta berriz abiatu ginen, basamortu zabalean.

Zuek hemen itsasoa duzue baina guk han basamortua dugu. Zure begiek ez badute inoiz basamorturik ikusi ezin duzu ongi ulertu hori zer den. Basamortua beste mundu bat da, sartzen zara hara eta pentsatzen duzu, “ez naiz inoiz hemendik aterako”.

Han, denek dute elkarren antza. Arabieraz hitz egiten dute, edo tuaregez, edo tuaregak direla diote baina arabieraz hitz egiten dute. Nik ez dut ezagutzen haien arteko desberdintasuna. Nik denak Boko Haramekoak kontsideratzen ditut, edo Estatu Islamikokoak. Baina ez dakit ongi.

Bost egunez ibili gintuzten kamioian, jatekorik gabe. Edateko ura, bidoi txiki bat, besterik ez. Batzuek botaka egin zuten, besteek dena galtzetan. Han, txizalarriak jotzen bazaitu galtzetan egin beharko duzu, ez duzu beste aukerarik. Kamioia ez da gelditudo.

Nik Aljeriara gindoazela uste nuen, hala esan zidaten Gaon. Beste batzuek “Italia” esan zuten, eta Italiarako kamioian sartu zituzten. Gehienek “Espainia” hautatu zuten, eta Espainiarako kamioira igoarazi zituzten. Baina hori dena gezurra da, dirua harrapatzeko joko bat.

IV

Tuaregen eskuetan gelditzen zarenean ez zaude ez aurrean, ez atzean, erdian zaude, ezerezaren erdian. Eta halako batean kartzela bat ikusten duzu, basamortuaren bihotzean. Kartzela bat helduek eta haurrek zaindua. Han, denek dituzte kalaxnikovak soinean. "Non nago?" galdetzen duzu, eta Taalandan zaude.

Sarrera ate handi batek egiten zuen. Handik burua makurtu gabe igaro nintzen, eta eremu zabal gotortu batean azaldu. Tarteka etxetxoak, tak tak tak, zapata kaxak bezala ordenatuak. Kaxa bakoitzaren ondoan pertsona armatu bat, edo bi. Baina zaude, Taalanda ez da hor bukatzen. Eremu zabal haren erdian beste ate bat zegoen, eta ate haren atzean beste espazio bat. Hondarrezko plaza borobil bat. Zentroa hutsa, eta inguru osoan horma. Ni haraino eraman ninduten. Badakizu toki hori zer den? Merkatua da, pertsonen merkatua.

Esplikatuko dizut nola funtzionatzen duen.

Zu zure txokoan zaude, lurrean eserita, edo etzanda. Lurra hondarrezkoa da, eta egunean behin pasatzen dira marmitarekin. Zuk besoa luzatu behar duzu, eta eskua zabal-zabal jarri. Hara botako dizute jana, zakurrei bezala. Baina batzuetan janaria sutan ekartzen dute, eta eskuko haragia erretzen dizu. Orduan, lurrera erortzen utzi eta jan gabe geldituko zara. Bihar berriz pasatuko dira, ordu berean, modu berean. Baina uste dut beste gauza bat esan behar nizula, haria galdu dut. Zertaz ari nintzen?

A bai, merkatuaz, Taalandako merkatuaz. Berriz hasiko naiz.

Zu zure txokoan zaude, lurrean etzanda, edo eserita. Lurra hondarrezkoa da. Norbaitek zure izena esango du, edo bestela izenik gabe deituko zaitu, "*toi, viens ici*". Orduan, erdira atera beharko duzu. Erosi nahi zaituena haraino sartuko da eta zuri begira hasiko. Goitik behera. Behetik gora. Gero, "*oke*", esango du.

Beste bati deituko diote. Erosleak hari ere goitik behera begiratuko dio, zuri bezala. Eta itzuli osoa bukatutakoan, esango du, "nik hau eta hura nahi ditut". Tuaregak prezio bat proposatuko dio, eta hark berriz begiratuko dizu. Goitik behera, eta behetik gora. Eta dirua emango dio tuaregari.

Baina ni ez ninduten erosi. Etorri ziren ni begiratzera, behin, bi aldiz, hirutan, baina ez ninduten eraman. Eta han gelditu nintzen, hiru egunez, Taalandan.

V

Taalandatik ateratzeko bi bide daude. Bat da norbaitek zu erostea eta eramatea. Ez dakizu nora, ez dakizu zertara. Bigarren aukera da zure familiak dirua bidaltzea.

Kartzelara sartu nindutenean, gorputz guztia miatu zidaten. Gorputz guztia esaten dudanean gorputzeko zulo guztiak esan nahi dut. Jantzietakoak ere bai. Hori egiten dizute jakiteko ea dirurik baduzun. Eta nik ez nekarren ezer, poltsiko batean nortasun agiria, besterik ez. Hori kendu zidaten. Ordutik paperik gabe bizi naiz, eta paperik gabe bizi zarenean ez duzu ahuntz batek baino gehiago balio. Baina tuaregak nire familiari deitzeko agintzen zidan, haiei dirua eskatzeko, "bestela hilko zaitugu".

Nik ez nion inori deitu. Eta han gelditu nintzen, preso. Eguerdiro zakur jana. Eta begiak. Goitik behera, eta behetik gora. Gero, "*oke*".

Baina badago Taalandatik ateratzeko beste bide bat, azken aukera bat. *La fugue*. Eskapatzea. Nik hala egin nuen, orain kontatuko dizut nola. Baina zaude istant bat, ur pixka bat edan behar dut.

Horra. Orain bai, *la fugue*.

Taalandan beste preso baten lagun egin nintzen. Ginearra zen, susua, eta nik susuz mila hitz baino gehiago dakit. Tuaregek ez. Hirugarren egunean harengana hurbildu, eta, "*boore*, gaur gauean ihes egingo dugu", esan nion. *Boore* hitzak susu lengoaian *laguna* esan nahi du. Hark, "bai", erantzun zidan, "nik ere ihes egin nahi dut, baina nola, pareta hori gu baino handiagoa da". Hasi orduko etsi zuen. "Handiagoa da baina pixka bat zahartua dago", eutsi nion nik, "zuloak ditu, beharbada eskala genezake". "*Oke*, ikusiko dugu", erantzun zidan. Eta gauaren zain gelditu ginen.

Gauez, ilunduta, pentsatutakoa egin genuen.

Denak lo zeuden. Presoak. Zaindariak. Paretak. Gu, zutitu eta hormaren aurrean presentatu ginen. Zuloak zituen, hogei zulo gutxienez. "Zuk segi niri", esan nion lagunari, eta gorantz abiatu nintzen, diskretuki. Bat, zulo bati begia bota. Bi, eskua erantsi. Hiru, eskuaren atzetik gorputz osoa. Eta hola, zuloz zulo, horma goraino iritsi nintzen, inurri txiki bat bezala.

Goitik, jauzi egin nuen, beste aldera.

Baina beste aldea ere Taalanda zen. Barruko patio borobila inguratzen zuen eremu zabalera atera ginen, etxetxo artera. Ihes egiteko beste horma bat falta zitzaigun. Sei edo zazpi metroko hormatzarra, gutxienez.

Begira ibili nintzen ea igotzeko bideren bat aurkitzen nuen, zuloren batzuk. Eskuinean, ezkerrean. Ja. Azkenean, egur luze bat atzeman, eta hura eskaileratzat hartuta horman gora abiatu nintzen. Besoak, sabela, oinak, hotsik atera gabe. Atzamarrak paretaren goiko ertzeraino heldu zitzaizkidanean indarka tira egin nuen, larrua arrastan, bihotza pixka bat zapalduz. Eta jauzi, beste aldera. Sei edo zazpi metro, gutxienez.

Kanpoko aldea dena hondarra zen, eta hondarrak badaki isilik egoten.

Nire lagunak ere horma gaineraino igotzea lortu zuen, baina goian zegoenean gehiegi inklinatu, eta erori egin zen. Hondarretan etzanik gelditu zen, zutitu ezinda, garrasika, *aaaaaahhhhhh*. Uste dut hezur bat hautsi zuela, baina ez nago ziur, ez dakit. Ez nion lagundu. Ni korrika joan nintzen, ihesi, ez dakit nora, baina ihesi.

Nire atzean oihuak entzuten nituen, eta ni banindoan, korrika.

Distantzia pixka bat hartu nuenean etzan eta atzera begiratu nuen. Linterna bat ikusi nuen arabieraz hitz egiten eta jotzen. Susua hausten ari ziren. Askotan jo zuten, eta tiraka eraman, arrastaka, barrura. Barruan ere oihuek segitu zuten. Basamortuan oihuak ozen entzuten dira. Gaua bada ozenago. Dena baretu arte itxarotea erabaki nuen.

Garrasiak isildu zirenean, altxatu, eta aurrera segitu nuen. Ez dakit nora, baina aurrera. Urrun. Hondarretan. Oinutsik.

VI

Bakar-bakarrik nindoan, gauaren erdian oinez. Basamortuan zoazenean zure oinak sablean hondoratzen dira, eta hola nekeza da ibiltzea. Gorputzak beste pisu bat hartzen du. Hala ere ibili nintzen, goizeko laurak arte, iluntasun zabalean.

Nekatutakoan, gelditu, eta ingurura begiratu nuen. Iluna hausten hasi zen. Horrek ikara eman zidan, nik ez bainuen leku hura ezagutzen. Basamortua zen, basamortu hutsa, sugeen pasabidea. Jendea hiltzen den tokia. Baina artean nik ez nekien hori. Beraz, etzan, eta lo hartu nuen. Sei orduz. Gutxi gorabehera hamarrak arte.

Esnatu, eta aurrerantz begira egon nintzen, jakin gabe non zen aurrea. Norabide guztietan begiratu nuen aurrera. Eta ez nuen ikusi deus. Desertuaz beste. Desertua hemen. Desertua han. Desertua lau aldeetan. Deus ez besterik.

Eta segitu nuen, oinez, beste bost orduz, ura edateko gogoa etorri zitzaidan arte. Pularrez gorputzaren dei horri *donka* esaten diogu. Frantsesez ere ikasi nuen baina orain ez naiz gogoratzen. *Donka* handia nuen, baina ez zen erraza, ez zen urik eta. "Orain nora joango naiz?" pentsatu nuen, eta zerbait entzun nuen. Motor hots bat.

Niregandik bi orduko distantziara zegoen hots hori, baina nik entzuten nuen, nola ari zen hurbiltzen. Gutxienez ordubetera hurbildu zen, gero beste pixka bat gehiago. "Orain ongi entzun nezake, bai, moto bat da. Moto bat. Bakarra".

Niregana zetorren, eta izutu egin nintzen. "Norbaitek hemen ikusten banau, hartu eta berriz Taalandara eramango nau", pentsatu nuen. Baina eskua altxatu nion, gelditzeko seinalea eginez. Zer egingo nuen bestela? Ez nekien non nengoen, eta egarria nire gorputz osoa irensten ari zen.

Nire aurrean gelditu zen, eta hitz egiten hasi baino lehen kalaxnikova bizkar atzera bota zuen. "Nora zoaz?" galdetu zidan frantsesez. "Aljeriara noa, Timiauinera", erantzun nion. "Hemendik Timiauinera basamortua baino ez duzu aurkituko, hola joaten bazara hil egingo zara". "*Ah bon?*". "Bai". Motora igotzeko keinua egin zidan, zati batean eramango ninduela. Baina ni beldur nintzen atzera Taalandara itzuliko ote ninduen, eta, "ez, *merci*, oinez saiatuko naiz", erantzun nion. Berriz esan zidan, "igo motora, Timiauinerako bidea nondik den erakutsiko dizut". Nik ez neukan konfiantzarik, nire begietan basamortuko biztanleak denak berdinak dira, baina, "*oke*", esan, eta motora igo nintzen.

Handik gutxira, motorra itzali eta jaisteko agindu zidan. "Zoaz horra, zoaz eta ikusiko duzu". Nik ez nekien zer zioen, ez zer nahi zuen, baina seinalatutako tokira hurbildu nintzen, ikaraz. Ura ikusi nuen. Bai, ura. Zahagi txiki bat, ahuntz larruz egina. Ez dakit zenbat trago egin nuen, hamar, edo hogei, baina berriz nire gorputza sentitzen hasi nintzen. Hankak, sabela, besoak, begiak, dena. Hori ura da, ura eta zure gorputza.

Berriz moto gainera igo eta bidegurutze bateraino eraman ninduen. Han, mototik jaitsi eta besoko mahukak altxatu zituen. "Begira, bide hau Taalandara doa, eta hori Timiauinera. Hortik baldin bazoaz bi orduz behin gurpil txiki bat ikusiko duzu. Gurpil horrek zuzen zoazela esan nahi du". "*Oke*", esan nion, "*merci*".

Bixkotx zorro bat eman zidan, eta *zipa* txiki bat urez betea. "Zuk beti bideari segitu, hemendik Timiauinera berrogeita hamabost kilometro daude". "*Oke*". "Basamortu honetan berrogeita hamabost kilometro asko da, ziur zaude oinez joango zarela?". Erantzun baten zain gelditu zen. "Ez daukat beste aukerarik", esan nion. "Diru pixka bat ematen badidazu nik eramango zaitut". "Ez daukat dirurik". "Batere ez?". "Ez". "*Oke*, orduan bideari segitu, baina pixka bat apartetik ibili, askotan kontrolak egoten dira, eta hobe izango da zuretzat ezkutuan joatea".

Bere motoa hartu eta Taalandarako norabidean jarri zen.

VII

Hemeretzi orduz ibili nintzen, goizeko seiak arte. Hondarrezko mendiak, hondarrezko haranak, hondarrezkoa dena. Han, zure pausoa berehala desagertzen da, eta inork ezin du esan, "bai, hemendik norbait pasa da".

"Beste pixka bat segituko dut", erabaki nuen, eta egun osoan ibili nintzen, oinez. Galtzak ere erantzi nituen, eta buru gainean lotu, eguzkiak ez jotzeko. Hola sei ordu, edo zazpi, ez dakit. Azkenean, "hemen utziko ditut" pentsatu, eta han utzi nituen, astunagatik, botata, galtzak. Eta aurrera segitu nuen. Galtzontzillo hutsik, eta oinetakorik gabe, hondar errearen gainean. Pauso gero eta txikiagoan.

Hemeretziak zero zerotan urik gabe gelditu nintzen, eta, "gizon hau laster hilko da", kalkulatu nuen. "Gizon hau" esaten dudanean, gizon hori ni naiz. Ni, eta basamortua. Eta basamortua amaierarik gabea da.

Baina tarteka zerbait azaltzen da. "Bai, zerbait dago hor". Hasieran pentsatu nuen autoak zirela, bi auto, bat hemen eta beste bat hor. "Polizia da", ikaratu nintzen, baina ez neukan beste aukerarik, eta aurrera segitu nuen, harantz. Azkenean, ohartu nintzen ez zirela autoak. Bi *kif* ziren, bi *kif,* han.

Kif-ak plastikozko bidoi erraldoiak dira eta barruan ura dute, batzuetan. Besteetan, gasolina. Tuaregek uzten dituzte hor, badakitelako jendea oinez ibiliko dela, eta basamortuan oinez ibiltzea ez dela erraza. Bero handia egiten du, eta egarri itoa. Tuaregek badakite hori, eta horregatik egiten dute.

Bi *kif*, beraz. "Hurbilduko naiz", erabaki nuen, eta ibili nintzen. *Voilà*. Bi *kif*-ak beteta zeuden, baina ez nekien zer zuten barruan, gasolina ala ura. Taparen bila hasi nintzen, eta bi kautxu luze zeuzkatela ohartu nintzen, haizez betetzen diren horietakoak, bizikletenak bezalakoak. Korapiloak askatu, eta ura ateratzen hasi zen, indarka, *kif*-a zulatuz. Ura, nire gainera burrustan. Bai, ura.

Ahoa zabaldu eta edan nuen. Asko edan nuen. Gero kautxu luze bati heldu, eta ura barrura sartzen saiatu nintzen. Baina kautxua zulatuta zegoen, lau lekutan. Orduan, kamiseta erantzi, eta kautxuari lotu nion, urak zuloa ez ikusteko gisan. Hola lortu nuen biderako ur pixka bat hartzea. "Orain abia ninteke", pentsatu nuen. Eta abiatu nintzen.

Basamortuan zoazenean, batzuetan, haize handiak jotzen du. Ezin zara ibili ere egin. Gelditu egin behar duzu, eta babestu, hondarrak minik ez emateko. Han egongo zara ordubetez. Edo bi orduz. Haizea nekatzen bada zuk zure bideari segituko diozu.

Hiru egun egin nituen oinez. Hirurogeita hamabi ordu. Ura edanez bakarrik. Beti bideari ihesi. Batzuetan izutzen nintzen, “hor zerbait dago”, pentsatzen nuen, eta makurtzen nintzen. Gero, “hor ez dago ezer”, ikusten nuen, eta berriz abiatzen nintzen, nekatu arte. Begiak ixten nituen, ireki arte. Eta berriz abiatzen nintzen, nekatu arte. Azkenean argi batzuk ikusi nituen. “Hori Timiauine da”, pentsatu nuen. Eta hala zen.

Timiauine, Aljeria.

VIII

Timiauinera goizeko seietan iritsi nintzen. Meskita handi bat ikusi nuen. "Otoitz egin behar dut", pentsatu, eta barrura sartu nintzen.

Otoitz egitea garrantzitsua da niretzat, baina ez dut egiten norbaitek esan dezan, "Ibrahimak otoitz egiten du, musulman ona da". Ez, hori jainkoaren eta nire artean gertatzen da, gure arteko harremana da.

Otoitza bukatzean zahar bat etorri zitzaidan ondora, eta, "*salam alaikum*", esan zidan. "*Alaikum salam*", erantzun nion. Konturatu zen ez nintzela ongi sentitzen, eta ogia eskaini zidan. Ogi pixka bat, eta jusa. "*Xukran*", esan nion, eta dena irentsi nuen. Gero banku batean etzan, eta lo hartu nuen, seko. Egurra, gorputza, denbora. Zazpi ordu. Ez ninduen inork molestatu.

Esnatu nintzenean elefante baten hankak nituen.

Hanka haiekin ez zegoen ibiltzerik, baina meskitatik atera eta herrira jaitsi nintzen, ez dakit nola. Ostatu txiki baten atarian eserita nengoela mutiko bat pasatu zen. "Zu ginearra zara", esan zidan, eta nik, "bai", erantzun nion. "Oso hanka handiak dituzu", jarraitu zuen, eta nik, "bai" erantzun nion. Ostatu barrura sartu, eta oihal batekin eta ur beroarekin itzuli zen. Masajea ematen hasi zitzaidan. Behera eta gora, behera eta gora, hanka bietan. Ezer esan gabe.

Bukatu zuenean, galdera bat egin zidan: "*ko honno wi'ete-dhaa?*". Horrek gure hizkuntzan *nola izena duzu?* esan nahi du. "Nik Ibrahima, eta zuk?". "Nik, Ismail".

IX

Ismail txikia ez da besteak bezalakoa. Pertsona batzuk desberdinak izaten dira eta Ismail holakoa da. Ezagutu nuenean hamalau urte zituen, eta txikia zen, horregatik esaten dut Ismail txikia. Orain ez dakit zenbat urte izango dituen. Hamasei, agian hamazazpi, ez dakit. Nire aitak esaten zuen denbora ez dela denentzat berdin pasatzen, eta egia da.

Ismailek eta biok sei hilabete egin genituen elkarrekin. Hasi Timiauinetik eta Ghardaiaraino. Han bereizi ginen eta geroztik ez dut berriz ikusi. Baina oraindik, noizbehinka, hankak handitzen zaizkit eta Ismail txikiarekin oroitzen naiz.

Bat, masajea eman zidalako. Behera eta gora, hanka bietan, hiru egunez. Bi, berriz oinetakoak jantzi, eta ibiltzen hasi nintzelako. Poliki-poliki, lehenik hanka bat eta gero bestea, minik gabe. Eta hiru, lana non aurki zitekeen erakutsi zidalako. Hori dena egin zuen Ismail txikiak nire alde.

"Timiauinen lana bide bazter batean egoten da", esan zidan, "guk hara joan behar dugu, eta han egon, mugitu gabe, lanaren zain". "*Oke*". "Lana berehala etorriko da, ikusiko duzu". Pixka bat itxaron genuen, minutu bat, bi minutu, eta zahar bat azaldu zen, zahar bat kamioneta zaharrago batean. Hondar pila zegoen tokira eraman gintuen, eta, "orgatxoa hemen kargatu behar duzue", agindu zigun. "Kargatu eta gero ekarri niregana".

Bidaia bakoitzeko berrehun dinar ordaintzen zigun. Berrehun dinar gutxi gorabehera bi ordu da, batzuetan pixka bat gehiago. Egun bakoitzean lau aldiz egiten genuen hori, beraz egun bakoitzak zortziehun dinar balio zuen, sei bat euro.

Timiauinen hola egin genuen lan hiru astez, orgatxoa hondarrez bete eta hustu. Laugarren astean Bordjera abiatu ginen.

X

Malitik datorrenarentzat Bordj Aljeriako bigarren herria da. Batzuek Bordj Mokhtar esaten dute, baina niri gauzak motz esatea gustatzen zait. Timiauinetik Bordjera ehun eta berrogeita hamabost *kilo* dira. Nik "*kilo*" esaten dudanean, jendeak, “kilometro”, zuzentzen dit. Hori hemen gertatzen zait, baina Afrikan ez da hola, han gauzak motz esatea gustatzen zaigu. Kilometro esaten baduzu bidea luzeagoa da.

Bordj ehun eta berrogeita hamabost *kilo*. Baina Timiauinetik Bordjera ez da Taalandatik Timiauinera bezala. Hondarra berdina da, eta haizea ere bai, baina bidea gudroizkoa da, eta hola errazagoa da, azkarrago ibiltzen zara. Bordj ehun eta hogei *kilo*. Hiru lagun ginen, ni, Ismail txikia, eta Maliko bat. Tarteka beste norbait ikusten genuen, hondarretan, gorpu, postura arraroan. Aurpegian egarria, egarri handia. Basamortua hola da. Bordj laurogeita hamar *kilo*. Maliarrak ezin zuen gehiago, eta bide ertzean gelditu zen. Guk aurrera egin genuen, zer egingo genuen bestela? Bordj hirurogei *kilo*. Ismail txikiak suge luze bat ikusi zuen, bidea zeharkatzen. Zain egon ginen, erdi ezkutuan, sugea desagertu arte. Gure herrian sugeari zerbait eginez gero zorte txarrari deitzen diozu, beraz, bidean zoazenean sugeak du lehentasuna. Bordj berrogei *kilo*. Gauez lo egiten genuen, hondarretan etzan, eta lo. Loa garrantzitsua da, indarra hartzeko, eta pixka bat ahazteko. Ahazten duzunean zure gorputza arinagoa da, eta errazago ibiltzen zara. Bordj hogeita bost *kilo*. Lau egun egin genituen bidean, eta bosgarrenean Bordjera iritsi ginen.

Bordjen bi hilabetez aritu ginen lanean, zimenta nahasten. Lo ere zimentaren ondoan egiten genuen, eta izerditan esnatzen ginen. Lana goizeko seietan hasten zen eta ez zen sekula bukatzen. Etxe batzuk teilaturaino handitzen zirenean ondoan beste batzuk jaiotzen ziren, eta zimenta gehiago zegoen nahasteko.

Azkenean, pentsatzen hasi, eta, “hemen etxeak oso handiak dira, eta gu txikiak gara”, kalkulatu nuen. Gu txikiak garela diodanean esan nahi dut diru gutxi irabazten genuela. Beraz, Ismail txikiarengana hurbildu, eta, “zergatik ez gara beste herri batera mugitzen?” galdetu nion. “*Oke*”, erantzun zidan.

Regganera abiatu ginen, pick-up baten atzeko partean ezkutatuta. Hamazazpi mila dinar ordainarazi ziguten bidaia, eta bi ahuntz kabitzen diren lekuan hamasei pertsona sartu gintuzten. “*Koto*, hurrengoan autobusa hartuko dugu”, esan zidan Ismailek, eta Regganetik Adrarrerakoa autobusez egin genuen.

XI

Adrar beste mundu bat da, han ez dabil gure trazako inor.

Emakume bat pasatu zen. Zapi luzea zeraman, nikaba. Ghardaiarako autobusen geltokia non zegoen galdetu genion, baina ez zigun erantzun. Aurrera segitu zuen, eta gu han gelditu ginen. Gizon bat igaro zen. Bizar luzea zuen, oinak ikusi nizkion. Ghardaiarako autobusen geltokia non zegoen galdetu genion, eta, "han", erantzun zigun, "ez dago urrun". Harako bidean nikabak eta bizarrak ikusi genituen. Eta haien begiradek, "hau ez da zuen lekua", esan ziguten.

Geltokira iristean txarteldegira joan, eta itxaron-ilaran jarri ginen. Orain gure txanda da. "*Salam alaikum*", esan nion kristal atzeko emakumeari, eta hark, "Ghardaiarako tiketa mila eta ehun dinar", erantzun zidan. Nire soinean bila ibili nintzen, eta mila eta bostehun dinar aurkitu nituen. Ismail txikia ere saiatu zen, han eta hemen, gorputz guztia miatu arte, baina ez zekarren deus, zero dinar. "Zu joan, Ibrahima", esan zidan, "ni hemen geratuko naiz". Begiratu nuen eskuinera, ezkerrera, bi aldiz alde bakoitzera, eta, "ezin dut haurra hemen utzi", pentsatu nuen.

Txarteldegitik kanpora atera eta taxi gidari bat hurbildu zitzaigun. Gure itxurari erreparaturik ea gose ginen galdetu zigun. Baietz erantzun genion. Eskua galtza azpian sartu eta bostehun dinarreko billete bat atera zuen, baina eskaini aurretik galdera bat egin zidan. "Musulmanak zarete?". "Bai, noski". Isilik gelditu zen, begira, luzaro. Eta billetea eman zigun.

"Orain, bi mila dinar ditugu", esan nion Ismaili, "Ghardaiarako bi tiket erosteko berrehun falta zaizkigu". Eta espaloi batean eserita egon ginen, autobusei begira, gure etorkizuna planifikatzen.

Azkenean, gu bezalako batzuk iritsi ziren. Malitik. Boli Kostatik. Kamerundik. Esan ziguten kapitalera joan nahi zutela, Aljerrera, eta guk gure kasua esplikatu genien. Berehala hasi ziren dirua kotizatzen. Bost dinar, hamar, hogei, bakoitzak ahal zuena, berrehun osatu arte. "Orain bi mila eta berrehun dinar ditugu", esan zidan Ismailek, "orain Ghardaiara joan gaitezke".

Eta Ghardaiara abiatu ginen.

XII

Hiru hilabete pasatu nituen Ghardaian. Nik hiru, eta Ismail txikiak bi, bien artean bost. Bost hilabete zimenta nahasten. Nagusiak harentzat lanean segi genezan nahi zuen, baina Ismail txikiak beste ideia bat zuen. "*Koto*, hemen aski diru egin dugu, kapitalera igoko gara". "Ez, Ismail", erantzun nion, "nik Libiarantz joan behar dut". "Libiara?" harritu zen, "zertara?". Ez genuen sekula horretaz hitz egin.

Nire anaia txikiaren historia kontatu nion. Nola alde egin zuen etxetik, eta nola abiatu nintzen atzetik. "Nik badakit Sabrathan dagoela, Konakryn nengoenean telefonoz komunikatu ginelako, baina geroztik ezin izan dut berriro hitz egin. Timiauinetik saiatu nintzen baina *impossible*. Bordjetik ere bai, *impossible*". Eta azkenean denbora bazihoan, gutxi gorabehera bost edo sei hilabete, anaia txikia nondik nora zebilen jakin gabe.

"Horregatik, Ismail", eutsi nion, "Alhassaneren bila joan behar dut. Oraindik haurra delako, eta aita hil zenetik haur hori nire ardura delako. Aurkitzen badut, eta begietara hitz egiten badiot, badakit entzungo didala, eta etxera itzuliko dela". "*Oke*", onartu zidan, "eta anaia txikia etxera eraman eta gero zer egingo duzu?". "Hantxe biziko naiz Ismail. Nik ez dut Europara joan nahi, nire destinoa Ginea da". Isilik gelditu zen, lurrera begira, nahasirik bezala.

Ismail txikia. Nik haren aurpegian beti nire anaia ikusten nuen, baina ez nion sekula esan.

Begiak lurretik altxatu, eta besarkada bat eman zidan. "Zorte on Libian, *koto*, jainkoak lagun zaitzala". "Agur, *miñan*, zorte on zuri ere. Eta mila esker, ur beroagatik, eta igurtziengatik. *Jaarama buy*, Ismail".

Hola agurtu nuen, eta geltokirako bidean galdu zen.

XIII

Libia beste mundu bat da. Sufritzeko egina dago.

Ghardaian askotan abisatu zidaten, "*habibi*, ez joan Libiara", baina nik, "ez daukat beste aukerarik", erantzuten nien, "Sabrathara joan behar dut". Orduan bidea esplikatu zidaten. "Lehenik Deb Debera egin behar duzu, autobus batean, eta gero oinez segitu. Baina kontuz ibili".

Ghardaia-Deb Deb, mila eta hirurehun dinar, zazpi ordu.

Deb Deb Aljeriako azken herria da, gero muga dator, eta gero Libia. Muga zona internazionala da. Hor zaudenean ez zaude ez Aljerian eta ez Libian, hori poliziaren eremua da. Eta polizia ez da izutzen, badaki zer den pertsona bat torturatzea. Eta pertsona hori ni bezalakoa baldin bada ez du joko hanketan, edo eskuetan, joko du hanken artean, edo buruan. Badaki mina hor gordetzen dela.

Deb Debeko geltokian zortzi pertsona ikusi nituen. Esan zidaten gau horretan saiatuko zirela muga zeharkatzen eta nahi banuen joateko haiekin, baina nik, "zoazte zuek, ni hemen gelditukoko naiz", erantzun nien. Banekien huts egiten bazuten zer gertatuko zitzaien.

Gaua geltokian igaro nuen, banku batean eserita, goizaren zain. *Voilà*. Argi sarkorra, erredura bat bi begietan. Eta zortzi pertsonen arrastorik ez. "Irabazi dute", pentsatu nuen, "iritsi dira Libiara, haiekin joan behar nuen". Baina ezetz esan nien eta hantxe nengoen, Deb Debeko geltokian, banku batean eserita, gauaren zain.

Arratsaldean beste bi ginear iritsi ziren. Haiek ere Libiara joateko asmoa zuten, eta galdetu nien ea haien konpainian sar nintekeen. Baietz erantzun zidaten, "ordaintzen baldin baduzu lagunduko dizugu". Hitz horiekin asko harritu nintzen. "Barkatu, lagundu zertan? Pick-up bat hartuko dugu ala? Ni nire oinekin ibiltzen banaiz ez dizut ezer ordaindu behar". "*Oke*", onartu zuten, "arrazoi duzu", eta hantxe gelditu ginen hirurak, noiz ilunduko.

Han geunden artean ohartu nintzen asko hitz egiten zutela. Azkenean nire belarriak nekatu ziren, eta, "konpainia hau ez da ona", pentsatu nuen. Hori pixkanaka ikasten da, pertsona bat bere hitzen arrastoan ezagutzen.

Hogeita biak zero zerotan, "*gorebe*, orain iluna da, goazen", esan zidaten. Baina nik, "ez, ni ez noa", erantzun nien, "ikara etorri zait". "*Ah bon?*". "Bai, zuek joan". "*Oke*". Eta joan ziren. Ni pixka batean zain egon nintzen, haiek urrundu arte, eta gero abiatu nintzen, atzeraxeagotik.

Hiru edo lau orduz ibili nintzen, hondarretan, bi ginearrak beti begimenean.

Goizeko lauretan, Libian geundela ohartu nintzen. Herri txiki batera iritsi eta Aljerian ikusten ez nituen gauzak ikusten hasi nintzen. *Allahu akbar.* Zahar bat meskita batera sartu zen lehen otoitz orduan. Fusil luze bat zeraman soinean. *Allahu akbar*.

"Hau Libia da", pentsatu nuen.

XIV

Allahu akbar, minaretetik otoitzerako deika ari ziren. Arabiar bat hurbildu zitzaidan, eta meskita haren aurrean zer ari nintzen galdetu zidan. "Oraintxe atera naiz otoitzetik eta lanera joan nahi nuke". Galtzak zikinak nituen, langileek bezala. "*Oke*", sinetsi zidan, eta zehaztu, "hemen ez dago lanik, Tripolira joan behar duzu, edo Sirtera, han lan asko dago". "Eta nola joan naiteke hara?". "*Sir, yallah*". Horrek arabieraz *goazen* esan nahi du, segitzeko hari.

Kale batzuk zeharkatu eta garaje batera eraman ninduen, garaje zabal eta handi batera. Dena pick-upez beteta zegoen. "Sabrathara joan nahi nuke", adierazi nion, eta hark, "dirua hemen utzi behar duzu", esan zidan, "ehun eta berrogeita hamar dinar libiar".

Libian ere dinarra erabiltzen da, Aljerian bezala. Biek izen bera dute baina ez dute berdin balio. Orokorrean, ekonomia ulertzeko gauza zaila da. Dinar libiar batek euro baten indarra du, beraz ehun eta berrogeita hamar dinar libiar ehun eta berrogeita hamar euro da. Niri hala esan zidaten.

"Ehun eta berrogeita hamar?" galdetu nion. "*Exact*", erantzun zidan. "Hori asko da", pentsatu nuen, eta itxaroteko eskatu nion. "Ongi da, eman itzuli bat kale artetik, ni hemen egongo naiz".

Ghadameseko karriketan ibili nintzen, zer suma, alferrik. Ez nuen Sabratharako garraiorik aurkitu. Lehengo garajera itzuli, eta arabiarrarengana joan nintzen. Pick-up bat garbitzen ari zen, Nissana. Bururik jiratu gabe, "ehun eta berrogeita hamar dinar", esan zidan ostera. Eskura eman nion dirua eta nire izena zerrenda batean idatzi zuen.

XV

Pick-upa prestatutakoan, merkantziak bezala lerrokatu, eta estalki astun bat bota ziguten gainera. Estalkiak betiko usain bera zuen, haragi errea. Ez genuen kanpora ezer ikusten, eta pixka bat haserretu nintzen. Hitzak etorri zitzaizkidan, ez dakit nondik. "Nik ezin dut bidaiatu nora noan ikusi gabe". Gidariak kalaxnikova hartu eta armaren muturrarekin burua ireki zidan, oraindik hemen daukat orbana, ikusten duzu? Gero oihuka hasi zen, "Sabrathara joango ez zarela uste baduzu zergatik igo zara pick-up honetara?". "*Oke*", makurtu nintzen, "barkatu". Eta mundu guztia isildu zen. Han haien menpe zaude, ezin duzu ezer esan.

Ez dakit zenbat ordu egin genuen bidean, estalkiaren azpitik ez da argirik ikusten, eta argirik ikusten ez bada ezin da denbora ongi kalkulatu. Han beti da gaua, gaua eta haragi errea. Denboraren erreferentzia bakarra zure buruko zauria da. Odola lehortzen hasi zen.

Halako batean, pick-upak gelditzera egin zuen, ilunpean, basamortu zabalean. Eta han jaitsarazi gintuzten denak, Sabrathatik hamabi edo hamahiru *kilo*-ra. "Hemendik aurrera oinez segituko duzue", esan ziguten, "baina *yallah yallah*, azkar ibili, eguzkia azaldu baino lehen iritsi behar duzue". Hango legea hola da, poliziak atzemanez gero Deb Debera itzularaziko zaitu, edo kartzelara bidaliko.

"*Habibi*, azkar, *yallah yallah*", gidariak fusilarekin seinalatzen zigun bidea, "lau, bost, sei", ordularia erakusten zigun, "azkar, *yallah*, harantz". Lasterka abiatu ginen. Bero izugarria egiten zuen, eta egarri ginen, baina han ez zen urik, eta ez zen denborarik. Goizeko laurak ziren, eta *yallah yallah*.

Sei pertsona iritsi ginen Sabrathara, lehen postuan gindoazen seiak. Besteak atzean gelditu ziren, basamortuaren erdian. Poliziarekin, edo egarriarekin. Ez dakit.

XVI

Sabrathara iritsi nintzenean nire trazako bat hurbildu zitzaidan. Esan zidan Europarako *programa* bat nahi banuen segitzeko hari, "nik ezagutzen dut horiek saltzen dituzten lekua". Nik, "Baba Hassan?", galdetu nion, eta hark baietz egin zidan buruaz, "haraxe goaz".

Baba Hassan *campo* handi bat da, zabal-zabala. Han, nahi duzun tokian etzan zintezke, lurra hondarrezkoa da. Begiak gorantz itzultzen dituzu eta ez du teilaturik, dena da zeru. Begiak ezkerrera itzuli eta dena immigrazio. Eskuinera, eta gauza bera. Han, seiehun lagun baino gehiago ginen, asko ginearrak.

Lo hartu aurretik izena galdetu zidaten. "Balde Ibrahima". Eta adina. "Hamazazpi". Apuntatzen ari zena gizon bizarluze bat zen, eta zalantza egin zuen. Atzera galdetu zidan, "zein urtetan sortu zinen?". *"Le 4, 8, 1999"*, zehaztu nion, *"à Conakry"*. *"Oke"*, erantzun zidan, eta hala idatzi zuen. Egun hartatik aurrera nire egiazko adina baino bost urte gutxiago ditut.

Truko hori Aljerian erakutsi zidaten. "Libian inportantea da hemezortzi urte baino gutxiago dituzula esatea. Hola ez zaituzte kartzelara igorriko eta kartzelara ez bazoaz, bizirik segituko duzu". Beraz, gizon bizarluze haren aurrean berriz jaio nintzen, baina 1999an. Eguna ez nuen aldatu, *le quatre du huit*, abuztuaren laua.

Gero beste zenbait datu hartu zizkidan, baina ni logaleak nengoen, eta orain ez naiz ongi gogoratzen. Oroitzen naizena da zer esan zidan. "Hemendik aurrera zu Baba Hassanekoa zara, eta Europarako *programa* bat bilatzeko ezin duzu beste konpainia batera jo. Zure prezioa Baba Hassanek erabakiko du, eta ordaintzen diozunean esango dizu noiz abiatzen zaren". *"Oke"*, erantzun nion. Ez nion esplikatu Libiara zertara joan nintzen, bestela kanpora bidaliko ninduen, edo makila bat hartu eta hezur bat hautsiko.

Sabrathako ohitura hola da, migratzaileak *stockatzen* dituen eremu bakoitzak bere trafikoa antolatzen du. Eta zu *campo* batera sartzen bazara harrapatuta zaude, ezin duzu beste konpainia batekin enbarkatu.

Lehengoan, hemengo batek esan zidan europarrek diru asko ematen diotela Libiari migranteak han blokeatzeko, eta horregatik daudela Libian ni bezalakoez betetako kartzelak. Nik ez dakit hori egia den, ez dut politika ongi ulertzen, baina badakit Libia zer den.

Libia kartzela handi bat da, eta zaila da handik bizirik ateratzea.

XVII

Goizeko seiak ziren, eta etzan orduko lo hartu nuen. Ordu bi, edo hiru, ez gehiago. Kolpez esnatu nintzen. "Alhassane? *Miñan?*". Haren arrastoa aurkitu behar nuen. "Alhassane? *Miñan?*". *Trankilo* osoa pertsonaz pertsona begiratu nuen. Baina, "ez, Alhassane ez dago hemen" etsi, eta kalera atera nintzen.

Taf-taf. Sabrathako kalea ez da Konakrykoa. Sabrathan ez dabil inor. Etxe erori batzuk. Noizean behin pick-up bat, abiada bizian. Tiro batzuk. Taf-taf. Kito. Isiltasuna. Libia hola da, ez da pertsona bizitzeko lekua.

Nik argazki txiki bat neraman, eta ahal nuenari hori erakusten nion. "*Miñan*, bai, nire anaia txikia, Alhassane, ikusi duzu?". Batzuek argazkia eskutan hartzen zuten, ongi begiratzen zioten, eta zerbait esaten zidaten, "ez, ez dut ikusi". Edo, "bai". "Bai?". "Bai, ezagutzen dut, baina aspaldi da ikusi ez dudala, orain ez dabil hemen". Beste batzuk ez ziren gelditzen ere, ez zuten astirik.

Haur batek esan zidan Baba Hassanek eremu bat baino gehiago zituela. "Baba Hassan pertsona bakarra da baina Libian etxe asko dauzka. Sabrathan bi, bi Baba Hassan, Zawiyan beste bi, eta Tripolin gehiago". "*Ah bon?*". "Bai, Baba Hassan aberatsa da, migranteekin diru asko irabazten du. Eta irabazitako diruarekin etxe berriak erosten ditu...".

Ah bon?

XVIII

Bi egun egin nituen Sabrathan. Eta han bi egun luze da, basamortuan urik gabe baino luzeago. Ez duzulako aurrera egiten. Ibiltzen zara. Gelditzen zara. Begiratzen duzu. Hurrengo kalera pasatzen zara. Korrika. Ezkutatzen zara. Begiratzen duzu. Ez duzu mugimendurik ikusten. Ateratzen zara. Bazoaz. Stop. Beste kantoi bat. Begirada zorroztu. Ez duzu inor ikusten. Arabiar guztiak ezkutatzen dira. Baina badakizu hor daudela. Tiro hotsak entzuten dituzu. Eta ez dakizu nondik datozen.

Gero gaua dator. Iluntzen du, baina ez du isiltzen. Noizbehinka tiro bat entzuten da, eta zuk hotzikara sentitzen duzu. Hotzikara luzea. Kalean zaude. Norabait joaten zara. Stop. Hiria begiratu. Hiria geldirik dago. Beste tiro bat. Mugitzen zara. Gelditzen zara. Han zaude. Hiriari begira. Zelatan. Zelatatzen zaituenaren bila. Eta bila zabiltzana aurkitu gabe. Lo hartzen duzun arte. Edozein lekutan.

Beste bi tiro. Taf-taf. Esnatzen zara. Mugitzen zara. Ez dakizu nora. "*Trankilo*-ra itzuliko naiz". Hiria begiratzen duzu. Dena geldirik dago. "Zergatik etorri naiz hona?". Eta Alhassaneri deitzen diozu. Apal. Bi aldiz. Tiro bat. Taf. Isiltzeko. "Bai, barkatu". Izutzen zara. Zure ahotsak izutzen zaitu. Zure pausoak izutzen zaitu. "Alhassane Alhassane Alhassane. Non zaude?". Mugitu behar duzu. Bazoaz. Ez dakizu nora. Gelditzen zara. Erortzen zara. Etzanda geratzen zara.

"Iluna puskatzen hasi du". Begi bat irekitzen duzu. Bizirik zaude.

Sabratha puzzle bat da. Pieza hau honentzat da, pieza hori horrentzat, baina batetik bestera ezin duzu igaro, kontrola dago. Kontrola haiek bermatzen dute, armatutako haiek. Askotan haurrak dira, mutil koskorrak, eskuetan granadak dituztela, eta bizkarrean kalaxnikovak. Egun batean, haietako batek geldiarazi, eta esan zidan, "zuei denei, afrikarrei, uzkitik sartuko dizuegu. Eta, taf-taf-taf, hil egingo zaituztegu".

XIX

Alhassaneren arrastorik ez zen Sabrathan, eta, "Zawiyara joango naiz", erabaki nuen. Zawiya Sabrathatik hurbil dago, oinez gau bat da. Egunez ez dakit zenbat den, ezin baitzara ibili. Poliziak harrapatuko zaitu, eta kartzelara sartuko, edo hezur bat hautsiko, zaren bezalakoa zarelako.

Gauaren zain egon nintzen. "Zawiya", pentsatu nuen, eta eguzkia erori zen.

Oinez nindoan, bide bazterretik. Hiru gauza egiten nituen: begiratu, mugitu, gelditu. Begiratu, mugitu, gelditu. Askotan egin nuen hori.

Goizeko bostak ziren, ez zebilen inor, dena kieto. Goizeko seiak, nekatzen hasi nintzen. Bide ertzean meskita bat ikusi nuen eta haren ondoan zuhaitz bat. Ez galdetu zein toki zen. Gaua eta zuhaitz bat, ez dakit besterik. "Hor ezkutatuko naiz", pentsatu nuen. Zuhaizpera makurtu eta ingurua zelatatzeari ekin nion. "Ez dabil inor, begiak itxiko ditut". Hiru segundo. "Begiak irekiko ditut, badaezpada". Inor ez. Berriz begiak itxi, eta lo hartu nuen. Goizeko bederatziak arte.

Esnatzean, zuhaitzak han jarraitzen zuen, meskitaren ondoan. Ez zen mugitu, eta izutu nintzen. Libian zerbait denbora askoan geldirik ikustea ez da seinale ona. "Alde egin behar dut", pentsatu nuen, "bai, denbora gehiegi daramat hemen".

Goizeko hamarrak, edo hamaikak, eta eguzkipean nindoan. Bero egiten zuen, bero errea. Tarteka pick-up bat pasatzen zen, eta makurtzen nintzen. "Joan da, *Allahu akbar*". Berriz oinez. Baina pauso batzuk, nire atzetik. Bai, pauso batzuk. Burua jiratu eta zahar bat ikusi nuen, niregana zetorren. Pausoa azkartu nuen. Azkarrago. Alferrik. Bi esku nire bizkarrean. Bi esku eta beste zerbait. "Harrapatu nau".

Arabieraz hasi zen, *"barka lafi"*. Nik arabiera ez dut ongi menperatzen, baina agurtuz gero erantzungo dizut. "Barkatu, ez dizut ulertzen", esan nion, eta zerbait galdetu zidan: *"Barka lafok?"*. Nik, *"no"*, erantzun nion. *"No?"*, hark. *"No"*, nik. Orduan, bere *guba* altxatu, eta kalaxnikova erakutsi zidan. Bai, hola. *Guba* txaleko luze bat da, gizonek erabiltzen dute. Kalaxnikova badakizu zer den.

Quatre-quatre batera igoarazi ninduen, ez dakit Golfa zen edo Forda, orain ez naiz ongi oroitzen, baina auto handia zen. Aurrean fusilak zeramatzan, eta ni atzean eseri nintzen. Arabieraz hitz egiten zidan eta ez nion ezer ulertzen.

XX

Pertsona bat hogeita lau orduan nire atzean, eta ni buruz behera, horma baten ondoan. Esaten zidan nire herrira deitzeko eta norbaiti dirua eskatzeko. "Nik han ez daukat inor", erantzuten nion, baina hari bost. "Ez daukat aitarik, ama laborari xumea da, nire atzean ez dago inor". Saiatzen nintzen hori dena arabieraz ulertarazten, baina hari hori dena bost.

Hormaz inguratutako eremu zabal bat zen. Zerutik dena ikus zitekeen.

Eguerdiko hamabietan eguzkia goi-goitik erortzen zen, eta hondarraren kontra lehertzen. Nire atzean zegoen gizonak belaunikatzeko agintzen zidan, "jarri belauniko eta zabaldu besoak". Eta han uzten ninduen, beso zabalik, esku bakoitzean harri lodi bat. "Besoak erortzen baldin bazaizkizu fusilak hitz egingo du". *"Oke"*. Eta okerrena orduan hasten da.

Denboraren pisua sentitzen hasten zara, harriak dardarka hasten dira. Harriak eta gero besoak, eta besoak eta gero bularra, eta bularra eta gero lepoa, eta lepoa eta gero burua, eta burua eta gero dena. Dardarka. Eta lurrera erortzen zara, hondar errearen gainera. Eguzkia ur irakina da zure ahoko zuloan. Orduan, fusila hartu eta min gehien ematen duen lekuan jotzen zaitu, paf-paf-paf. Baina hori ez da ezer. Hori, han, afera txikia da. Gizon harentzat, zu torturatzea *egun on* esatea bezala da. Ez bazaitu hiltzen, esaiozu *mila esker*.

Tarteka taza erdi bat ur ematen zidan. Orduan, egarri bizia lotzen zitzaidan gorputzean, eta taza ahotik kentzen zidan. Ur gehiago eskatu eta zafrako bat jasotzen nuen. Egarria kentzeko. "Nahikoa edan duzu". Taza erdi bat ur.

Nahikoa, ez hiltzeko. Haren helburua hori zelako, nik sufritzea, baina ez hiltzea. Hilez gero ez nuen bost zentimo balioko, eta ez nion inori deituko dirua bidal zezan erregutuz. Horregatik ematen zidan, noizbehinka, taza erdi bat ur.

Bi taza erdi ur, hiru egun.

Hiru egun oso pasatu nituen han, hogeita lau orduan pertsona bat ni torturatzen. Baina ez nintzen ni bakarrik. Nirekin batera beste ehun zeuden, edo ehun baino gehiago, ez dakit, ez nituen kontatu. Baina entzuten nituen, gizonak eta emakumeak. Haurrik ez. Emakumeek negar egiten zuten, eta garrasi, gau guztian, gelditu gabe. Bat isiltzen zenean bestea hasten zen, eta hura isiltzean bestea. Eta *au suivant*.

Gure torturatzaile guztiak zibilak ziren, zu eta ni bezalako jendea. Torturatuak ere berdin, emakumeak eta gizonak, denak nire trazakoak. Inork ez zuen ezer egin han egoteko. Ni nire anaia txikiaren bila joan nintzen Libiara, beste guztiak Europarako *programa* baten ametsean. Baina gu torturatzen ari zirenei hori dena bost.

Nik ez nuke hitz egin nahi holako gauzez, kontatzen dudanean ikusi egiten dudalako, nire begien aurrean, esplikatzen ari naizen guztia. Zu orain hemen zaude, entzuten, baina ni han nago, nire haragiaren barruan, eta kontatzen dudanean berriz bizi dut esplikatzen ari naizen guztia. Horregatik, ez nizuke hitz egin nahi holako gauzez. Baina zuk galdetu didazu, eta esan dizut. Eta esan dizudanean berriz sentitu dut dena.

XXI

Azkenean, tortura leku hartara sartu ninduen zaharrak ulertu zuen, "mutiko honen atzean ez dago dirua jarriko duen inor". Orduan, eremu hartatik kanpora atera, berriz bere *quatre-quatre* luzean sartu eta ezagutzen ez nuen toki batera eraman ninduen. Kale bazter ilun bat zen.

Beste zahar bat etorri zen, zahar berri bat. Bi zaharrek nire aurrean hitz egin zuten, baina nik ez nuen ezer ulertzen. Arabiera lengoaia zaila da, batez ere zaharrek hitz egiten dutenean, oso azkar doazelako.

Zahar berria luzaroan egon zen niri begira, begiak gorputz osoan iltzatuz, goitik behera, eta behetik gora. Behin eta berriz. Ez zidan ezer galdetu, begiratu bakarrik. Eta ni ikaratuta nengoen, biek fusil bana zeramatelako. Ez nekien hilko ninduten edo zer, ez nekien ezer egiten ari zirenari buruz. Baina zahar berriak behin eta berriz begiratzen zidan.

Azkenean, begiak apartatu eta dirua ateratzen hasi zen, billete batzuk. Banan-banan denak kontatu eta beste zaharrari eman zizkion. Guztira hirurehun dinar libiar. Nik ere begiekin kontatu nuen. *Au total*, hirurehun. Eta ulertu nuen, "kale bazter hau merkatua da, eta hirurehun dinar, nire prezioa". Bai, ahuntz bat bezala saldu ninduten.

Lehen zaharra, billete guztiak *guba*-ren azpian sartu, autoa arrankatu, eta joan egin zen. Hola, besterik gabe. *Il m'a même pas dit au revoir.*

XXII

Zaharra esaten dudanean ez dakit zenbat urte den. Gutxi gorabehera hirurogei, edo hirurogeita hamar, baina ezin dizut zehatz esan, denbora hori ez dut ongi bereizten. Ginean oso zaila da holako zahar bat ezagutzea. Baina esango dizut ni erosi ninduen zaharra ni saldu ninduena baino zaharragoa zela, bizarra ere luzeagoa zuen.

Autoa ere halakoa, *quatre-quatre* bat. Atzean eseri nintzen. Ez naiz gogoratzen zertaz hitz egin genuen, zahar hark frantsesez pixka bat bazekien, baina nik ez nuen hitz egiteko gogorik. Gaua zen eta mundua ilun zegoen. Eta ez nekien nora gindoazen. Beharbada galdetu izan banio esango zidan, baina ez nion galdetu.

Oroitzen naiz burdinazko ate handi baten aurrean gelditu zela. Hura igaro eta etxe handi batera iritsi ginen. Metalezko hormak zituen, hangar bat zen. Hangar bat dena oiloz betea, eta oiloak ez ziren isiltzen. Zaharra aska batzuetara hurbildu zen eta oiloak atzetik segika joan zitzaizkion, ehunka oilo. Denak eroak. Jatekoa bota zien lurrera, eta oilo denak mokoka hasi ziren.

Gero niregana etorri zen, eta, "ikusten duzu?" esan zidan. "Bai", erantzun nion. "Zure lana hori da, oiloei bazka ematea, egunean bi aldiz". Ilar txiki hori batzuk ziren, nola esaten da... *du maïs, voilà*. Artoa. "Gero arrautzak bildu eta kartoizko *albiol* kaxetan sartu", agindu zidan. "*Oke*", erantzun nion.

Gauero etorriko zela abisatu zidan, *albiol*-ak biltzera, eta niri jatekoa ematera, "bestela artoa jango duzu, *oke?*". "*Oke*". "Bihar arte", hark, "bihar arte", nik. Eta han gelditu nintzen, hangar handi batean, ehunka oilorekin.

Oiloekin jan, oiloekin lo, dena oiloekin. Hori ere egin dut.

Goizetan oso goiz esnatzen nintzen, han lo egitea ez zen erraza. Oiloak kantuz hasten ziren, eta Alhassanerekin oroitzen nintzen. Orduan, jaiki, artoa nahasi, katilu batekin lurrean zabaldu, eta oiloei deitzen nien, *kotz-kotz-kotz*.

Gero arrautzen bila abiatzen nintzen. Batzuetan hogeita hamabost *albiol* betetzen nituen, besteetan berrogei. Iluntzean zaharra etortzen zen. Bixkotxak ekartzen zizkidan, ogia, eta edateko jusa. "*Merci*", esaten nion. Pixka batean hizketan egoten ginen, eta joan egiten zen. Atea bi aldiz ixten zuen beti, klak-klak.

Biharamunean ere berdin, *kotz-kotz-kotz,* arrautzak bildu, *albiol*-ak bete, etzan, jaiki, *kotz-kotz-kotz*... Nire taktika hori zen, "zahar horrek esandako guztia egingo dut, eta agian bere izpiritua aldatzen hasiko da, kontzientzia hartuko du ni ere pertsona naizela, eta lagunduko dit". Baina askotan, pentsatzen duzu zerbait eta gero ez da egia.

XXIII

Bederatzi egun egon nintzen han. Ni eta oiloak, ehunka oilo. Denak eroak. Batzuetan egun osoa pasatzen nuen jan gabe. Zaharra gauaren erdian etortzen zen eta ogi pixka bat ematen zidan, *kotz-kotz-kotz*. Galdetzen zidan ea oiloren bat hil zen, eta nik, "ez" erantzuten nion, "*tout est en ordre*". "*Oke*". Eta joan egiten zen. Joan aurretik atea bi aldiz ixten zuen beti, klak-klak.

Hamargarren egunean, ilunabarrean etorri zen. Bixkotxak eman zizkidan, edateko ur pixka bat, eta *albiol*-ak kontatzen hasi zen: "bat, bi, hiru, lau...". Ez dakit zenbateraino kontatu zuen, baina telefonoak jo zion. Gogoratzen naiz oiloak nola aztoratu ziren. Zaharra, "*alo? Alo? Alo?*" oihuka hasi zen. Hiru aldiz egin zuen, "*alo?*" eta gero korrika joan zen, kanporantz. Motoa arrankatu, eta ziztu bizian abiatu zen.

Atea ixtea ahaztu zitzaion. Ez zuen egin bi aldiz klak.

Ni berehala ohartu nintzen aldaketa horretaz, baina pixka bat itxaron nuen. Hogei minutu, hogeita hamar, berrogei, ez dakit zenbat denbora, konfiantza hartu arte. Azkenean, zaharra ez zetorrela ikusi eta ihes egin nuen, korrika.

Zuhaitz batzuk hauteman nituen, oihan itxi bat, eta haren atzean hondarrezko muino bat. Handik inguru guztia ikusten zen, tartean hiri bateko argiak. “Zawiya”, pentsatu nuen, “hara jaitsiko naiz, Baba Hassanen *trankilo*-ra”, eta korrika abiatu nintzen, azkar, *yallah yallah*.

Trankilo barrura sartu nintzenean lehen aldiz jiratu nituen begiak, eta pentsatu, “zaharra atzean gelditu da, baina ikara ez”.

Gau hura ezkero hala bizi naiz, ikaran, zaharra noiz ikusiko. Badakidalako berriz harekin topo egiten badut eliminatuko nauela. Taf. Kito. Ez du zalantzarik egingo. Ikara hori nire gorputzean bizi da, batzuetan lo nagoenean ere oroitzen naiz. Zaharra ikusten dut, zaharra eta haren oiloak, ehunka oilo. Denak eroak. Hura beste bat.

XXIV

Bi egunez ibili nintzen Zawiyan, hango *campo* guztietan galdezka. Argazki txikia erakutsi, “bai, *miñan*, Alhassane, ez?”. “Ez”. Alferrik. Han ere ez zen haurraren arrastorik, eta Sabrathara itzuli nintzen, gauez.

Bi ginearrek lagundu zidaten. Menditik egin genuen bidea, zaharra ez ikusteko. “Bestela eliminatuko nau”, pentsatzen nuen, “bai, ez du zalantzarik egingo”.

Sabrathara itzultzean hango *campo* denak begiratu nituen, Baba Hassanen biak eta beste zazpi. Haietan ere stock handia zegoen, dena immigrazio, denak abenturaren zain. Baina ez nuen Alhassane aurkitu. "Zoaz Sirtera", esan zidaten, "agian han egongo da, edo Tripolin bestela, zoaz hara eta begiratu". Baina ez nintzen joan, ez neukan dirurik. Jatekoa ere lagunek ematen zidaten, eskua luzatu eta kuskus pixka bat.

Bi hilabetez ibili nintzen Sabrathan. Bi hilabetez, bila. Higatu arte. Higatzean aldatzen hasi nintzen, hiltzeko ikara galtzeraino. Gau batean, esnatu, eta pentsatu nuen, "dagoeneko bizitza ez zait interesatzen, nahiago heriotza. Edo bestela *miñan*, Alhassane, baina ez aurkitzekotan, nahiago hilda".

XXV

Ostirala zen.

Baba Hassanen *trankilo*-an egin nuen lo, eta handik atera berri nintzen, meskitara joateko. Ostiraletako otoitza guretzat oso garrantzitsua da, beste guztiak huts egin ditzakezu baina ostiralekoa ez. Beraz, otoitz egin, eta *trankilo*-rantz nentorren, Sabrathako atze-kale batzuetatik. Nire ondoan Gineako lagun bat, fula,

Dimedi. "Ibrahima", esan zidan. "Bai", erantzun nion. "Zuk asko sufritzen duzu hemen, denek isiltzen dizute zerbait, gaur horretaz hitz egin nahiko nizuke".

Pausoa moteldu, eta, "zer?" galdetu nion. "Segi genezake aurrera?" erregutu zidan. "Ez, nork ezkutatzen dit zerbait hemen? Zuk baldin badakizu esadazu otoi". "Bai, esateko intentzioa daukat, baina entzun behar didazu atentzio osoz. Nik nire bihotzean jasoa dudana zuk zure bihotzean jaso behar duzu". Begira-begira gelditu nintzaion, eta, "*oke*", esan nion, "has zaitezke".

Eta hasi zen.

"Anaia txiki baten bila zabiltza hemen, ezta?". "Bai". "Nik ezagutzen dut zure anaia txikia. Askotan egon gara elkarrekin, biek batera egin dugu lo, hark hor, eta nik hemen, estalki beraren azpian. Nik ez nekien anaia handi bat zuenik, ez zidan sekula esan. Baina bai, ohartzen naiz zu haren anaia zarela, ikusten dut nola sufritzen duzun Libiara etorri zarenetik. Dena haur horrengatik". Hori esan eta isildu egin zen. Nik dena entzun nuen, entzun eta pentsatu. Bat, Alhassane kartzelan dago. Bi, bere bila joango naiz, berdin zait nora. Hiru, kartzelatik atera eta etxera itzuliko gara, Gineara. "Zuk badakizu non dagoen?" galdetu nion, eta, "ez" erantzun zidan, "nik ez dakit non dagoen, baina badakit *naufrage* bat gertatu zitzaiola".

Dena pularrez esan zidan, baina hitz hori frantsesez. Hitz hori bakarrik, *naufrage*. Lehen aldia zen entzuten nuena. "Zuk esan didazun hitz horrek zer esan nahi du?" galdetu nion. "Ez da erraza", erantzun zidan, "zodiak batek istripu bat edukitzen duenean denek hori esaten dute, *naufrage*". "*Naufrage?*", nik. "Bai, *naufrage*", hark. Pixka bat pentsatu, eta galdetu nion, "horrek esan nahi du Alhassane *programa* batean enbarkatu zela?". "Ongi ulertu duzu esan nahi dizudana, baina ez dut bukatu. Alhassane ez zihoan bakarrik, ehun eta berrogeita lau pertsona ziren".

Naufrage. Lehen aldiz ikusi nuen hitz hori nire begien aurrean. "Ehun eta berrogeita lau". Nik ez nuen pentsatzen hainbeste jende sar zitekeenik zodiak txiki batean. Bi gauza berri ikasi nituen goiz hartan, eta kontsideratu nuen aski zela. "*Oke*", esan nion, "itzuliko gara *trankilo*-ra?". Eta Baba Hassanera itzuli ginen.

Kartoi batzuen gainean etzan, eta begiak itxi nituen, pentsakor. Ez nuen ulertzen. "*Miñan,* zergatik joan nahi zenuen Europara? Ez zen hori bion artean adostu genuena, esan nizun ikasten segitu behar zenuela, esan nizun begi handiak zenituela".

Bai, begi handiak, eta hamalau urte, azkena ikusi nuenean. Haurra zen.

Kartoiari kolpeka hasi nintzen, eta nire izpiritua hegaldatu zen. Izpiritua hegaldatzen denean oso zaila da eustea. "Lehenik aita galdu nuen Konakryn, orain anaia txikia Libian, amari nola esplikatuko diot hau dena?".

Azkenean, nire izpiritua itzuli zen, poliki-poliki, bere lekura. Pentsatu nuen ehun eta berrogeita lau pertsona zodiak batean gehiegi zela. “Bai, ez da posible”. Lagun batengana joan eta galdetu nion, “*mon frère*, zure ustez ehun eta berrogeita lau pertsona sar daitezke zodiak batean?”. “Ibrahima”, erantzun zidan, “hori ez da ezer, Libian ehun eta laurogei pertsona ere ikusiko dituzu zodiak batean, *ça c'est tout à fait normal*”. “*Oke*”, esan nion, eta argazkia atera nuen poltsikotik. “Orain esadazu egia, zuk hilabete asko egin duzu hemen, Sabrathan, ezagutu duzu txiki hau?”. Begira-begira gelditu zen, lehenik argazkiari, gero niri. Luzaroan pentsatu zuen. Eta, “ez”, esan zidan, “ez dut ezagutu”.

XXVI

Baba Hassanetik atera nintzen, kalera. Ez zebilen inor. Tiro bat. Taf. Ez neukan bizitzeko intentzio gehiagorik. Pick-up bat. Lau tiro. Taf-taf-taf-taf. Ikararik ez. “Jo lasai, ez dizut ezer erreklamatuko, eskertu egingo dizut”. Zeren eta nik asko maite nuen txiki hori. Nire bizitzako helburu bakarra zen, haur hori atzeman, haur hori babestu, eta ikasketetan lagundu. Begi erneak zituelako, eta mutikoa zelako. Aitak hala esaten zuen, eta amak ere bai. Denek esaten zuten hori, “mutikoa da, jainkoari eskerrak". Bai, baina *naufrage* bat gertatu zitzaion. Ehun eta berrogeita hiru pertsona, eta bera, ehun eta berrogeita lau.

Baina hori Libian ez da ezer.

HIRUGARREN PARTEA

I

Libian stock handia dago, *trankilo*-ak beteta daude, presondegiak ere bai.

Taf-taf-taf, "egun batean zuek denak hilko zaituztegu". Haur batek esan zidan hori, begietara begira. Uste dut kontatu dizudala lehenago, baina berdin du, orain berriz esaten dizut, zuk ez ahazteko, zuk jakiteko Libia zer den. Hango arabiarrak politak dira, larruazal argia dute, baina haien barrua harpe ilun bat da. Eta kalaxnikova, orain, haien gorputza da. Berdin dio mutiko izan edo neska, zahar edo haur, denek pentsatzen dute taf-taf-taf.

Itsasoak ere laguntzen die horretan. Baina itsasoa ez da itsasertzean hasten. *Trankilo*-etan hasten da. Immigrazioa *stockatzen* duen *campo* bakoitzak bere *programa* propioak antolatzen ditu. Zuk dirua kotizatuko duzu, hiru mila, edo hiru mila eta bostehun, nahi baduzu gehiago. Baba Hassanek nahiago du gehiago bada. Orduan zerrenda batean sartuko zaitu eta zerrenda betetzean zodiak bat antolatuko du.

Zodiaka ez bada Europara iristen, berdin dio, Baba Hassanek jaso du bere dirua. Abiatu aurretik soldaduak ur ertzean geldiarazten badu, berdin dio, Baba Hassanek jaso du bere dirua. Edo abiatzean, zu, izutu eta ez bazara zodiakera igotzen, berdin dio, Baba Hassanek jaso du bere kalaxnikova, eta taf, hil zaitu. Bai, tiro bat aski. Hori hola da.

Esplikatuko dizut.

Zodiaka beti da gauez. Puztu ere itsasertzean eta azken momentuan egiten da. Bien bitartean zu zain zaude, bazter batean. Puzten bukatzean libiarrak, *"yallah yallah"*, esango dizu, "azkar-azkar", abiatzeko ordua da. Batzuetan *guba* motz bat jantziko duzu, baina gehienetan *guba*-k ehun dira eta *programa*-k ehun eta berrogeita hamar, eta berrogeita hamar pertsona ezer gabe abiatuko dira. Baina momentu horretan dena da *yallah yallah*, ez duzu galderarik egin behar.

Libiarra zodiakari bultzaka hasiko da, eta motorra piztuko du. Zuretzat mugimendu hori arrotza da, zeren eta zu ez zara inoiz uraren gainera igo. Agian ez duzu sekula itsasoa zeure begiez ikusi, baina ez da galderak egiteko momentua, orain hor zaude, uraren gainean eserita, eta abiatzeko unea da.

Hemen dago Libia, hor Tunisia, eta han Italia, tarteko dena itsasoa da. Eta itsasoa tonbola bat da. Zuk badakizu jende asko ez dela beste aldera iristen, baina libiarrak, *"yallah yallah"*, esango dizu. Itsasoa zakarra bada ere berdin du, zodiakari sakatzen segituko du, ez du begiratuko zer aro datorren. Hark nahi duen bakarra da zodiaka jendez betetzea, eta gainezka egiten badu nahiago.

Batzuek, ikaraturik, ezetz esaten dute, ez dutela nahi, eta azken orduan ontzira igo gabe gelditzen dira. Arabiarrak oihu egingo du, "igo nahi duena igo dadila, *yallah*, azkar", eta ikaratu dena ontzitik kanpo geldituko da, hondarretan, bere *guba* jantzita.

Hura da erortzen lehena, taf, tiro bat aski da. Ur ertzean hilko dute, ez dezan bere dirua erreklama.

Edo ez dadin *trankilo*-ra itzuli, eta portu horretan ikusi duena besteei kontatzen hasi. Horrek beldurra zabalduko duelako eta Baba Hassanek klienteak galduko dituelako. Hori Baba Hassanentzat ez da ona. Beraz, libiarrek ez dute inor behartzen zodiakera igotzera, baina igotzen ez dena bertan hiltzen dute, besteen begien aurrean, taf.

Batzuetan pentsatzen dut, lortuko ote dut hau dena ahaztea? Zeren eta burua armairu bat bezalakoa da, eta armairutik gauza bat ateratzeko armairuan beste gauza bat sartu behar duzu. Hola gauza berriak gauza zaharraren lekua hartuko du. Baina nik, hemen, nire asiloaz erabakitzen duten bitartean, ez dut ezer egiten. Ez daukat lanik, ez daukat lagunik, eta ez daukat armairuan sartzeko ezer.

Nire oroitzapenak hor daude, mugitu gabe. Eta egunero atakatzen naute.

II

Gu bi mutiko ginen etxean, ez hiru. Bi. Orain bakarra naiz. Bi arreba txiki ditut, eta ama. Baina amari ezin diot laguntzarik eskatu. Gizon batek egin dezakeena emakumeak ezin du egin. Niri hola irakatsi zidaten. Eta egia aitortu behar dizut, Afrikan ez da gauza bera anaia edo arreba galtzea. Ez dut esaten tristura, esaten dut arrangura. Arrangura diodanean esan nahi dut ardura, familia zure bizkarrean hartu beharraren ardura. Hori nik ongi dakit, Alhassane itsasoan ito den momentutik ni bakarrik gelditu naizelako borrokarako. Orain kondenatuta nago, beste asko bezala.

Baina nire borroka lekua ez zen hau. Ez zen hau nire destinoa. Ez Libia, ez Europa. Nik kamioiak gidatuz bizi nahi nuen, Konakrytik Nzerekorera eta Nzerekoretik Konakryra, eta lan horrekin nire familiari lagundu. Baina Alhassanek etxetik ihes egin zuen eta haren bila abiatu behar izan nuen.

Aurkitu izan banu, eseriko nintzen alboan eta hitz egingo nion. Luze. Sortu ginenetik eta gaur arte, berriro esplikatu gauzak, eta etorkizuna elkarrekin planifikatu. Hark nire hitzak jaso arte. Ni naizelako gu bion artean zaharrena.

Baina ez nuen joko, aitak nahiko zukeen bezala. Edo amak. Nik ez dut egun bakar batean ere anaia txiki hori jo. Aitak ni askotan. Baina nik ez nekien aitak bezala egiten, eta ama nirekin haserretzen zen. “Orain zure eskua aitaren eskua da”, esaten zidan, “zerbait ez badu ongi egiten jo egin behar duzu, ikas dezan”. “Bai, ama”, makurtzen nintzen haren aurrean, baina gero, ez nuen egiten. Bat, nire aitak gerriko luzea zuen, eta nik ez. Bi, nik ez nuen inor jotzeko indarrik. Eta hiru, ni ez naiz aita. Beraz, esertzen nintzen Alhassaneren ondoan, eta hitz egiten nion, orain zuri hitz egiten ari naizen bezala.

Eta aurkitu izan banu ere, hitz egingo nion, beste behin. Hitz egin, bi begiekin. Hola hitzak ez dira erortzen.

III

Hiru egunez ez nuen ezer jan, ez edan. Ezin nuen. Lagunek eskaintzen zidaten baina nik, "ez". Nire gorputza zen, edo nire burua. Ez dakit. Oreka galtzen nuen. Eta pausoa. Esertzen nintzen lurrean, eta pentsatzen nuen, "non nago?", eta ez nengoen han. Galdetzen nuen, "norekin ari naiz hizketan?", eta ez nintzen ari inorekin. Jendea arraroa zen. Arraroa ni. Hankak. Eskuak. Gorputza. Dena arraroa.

Jaarama buy. Hori gure hizkuntzan *mila esker* da. Esan dizut lehenago? Barkatu, erotzen ari naiz. Zerbait eskaintzen zidatenei hori esaten nien, "*jaarama buy*", eta eskaintzen ez zidatenei ere bai, "*jaarama buy*". Hitzak arraroak, arraroa ni, arraroa dena. Hola hiru egun.

Laugarrenean Alhassaneren bila abiatu nintzen.

"*Naufrage*" esan zidaten, eta "*naufrage*" entzun nuen. Baina ni ezin nintzen ziur egon, eta haren bila segitu nuen. Leku beretan, jende beraren artean. Hurbildu eta argazkia erakusten nien, "bai, *miñan*, anaia txikia, ikusi duzu?". Eta gero galdetzen nien, "zuk uste duzu ehun eta berrogeita lau lagun zodiak batean posible dela?". Batzuek ezetz erantzuten zidaten.

Aste oso bat, hamar egun. Bi aste. Hiru. Hola. Itsasoari tragoka.

Beste pertsona bat bilakatu nintzen.

Kalera atera, eta, "ez daukat bizitzeko intentziorik", esaten nuen, "nahiago dut hil". Bizitzari begira jartzen nintzen eta nazka ematen zidan. Ero bihurtu nintzen. Bai, ero bat, Sabrathako kale hutsetan, oinez. Tiroak entzunez, tiroak ikusiz, nondik zetozen kasurik egin gabe. Beste kale bat. Stop. Kalaxnikovek ez ninduten ikaratzen. Hiltzeko gogoak ikara jaten du.

Baina ez osorik. Adibidez, ez nuen oiloen nagusi zaharra gurutzatu nahi, zeren eta akabatuko ninduen, berehala. Taf. Libian heriotza gauza banala da. Eta nik ez nion zahar hari plazer hori eman nahi. Baina hiltzeko gogoa nuen. Edo ez. Ez dakit.

Ez nekien zer nahi nuen. Zaila da esplikatzea, batez ere zuri, zuk hori bizi izan gabe, eta Libia ezagutu gabe. Baina beste pertsona bat bihurtu nintzen, nire buruari ez nion nire antzik hartzen. Arabiar batek zerbait esaten bazidan, nik pentsatzen nuena erantzuten nion, eta gero erantsi, "orain zuk erabaki nirekin zer egin, nahi baduzu hil". Baina ez ninduten hiltzen, beraz nire anaia txikiaren argazkia erakusten nien: "*No?*". "*No*". "*Oke*".

Eta bila segitu nuen.

IV

Emi kamerundar bat da, Sabrathan ezagutu nuen, Baba Hassanen *trankilo*-an. Orain ez dakit non dagoen, ez dakit bizirik dagoen ere. Agian bai, *inshallah*. Ni hark atera ninduen Libiako itsaso zikin horretatik.

"Ibrahima, zu mamuekin borrokan ari zara", esan zidan.

Emik beste taktika bat zerabilen hitzekin, batzuetan zaila zen hari segitzea. "Ibrahima, zuk bilatzen duzuna ez duzu sekula aurkituko", esplikatu zidan, "edo agian, orain, beste zerbaiten bila zabiltza". "Ez dizut ulertzen, Emi", erantzun nion. "Zu zigor baten bila zabiltza", jarraitu zuen, "norbaitek jo egin behar zaitu, edo preso hartu, eta torturatu". "*Ah bon?*". "Bai, zuk erruaren zama daramazu, eta norbaitek hil arte zigortzea behar duzu. Orduan, zure buruarekin ados egongo zara, ados eta bakean". Eta isildu zen, hiru segundo, edo lau, eta segitu zuen. "Bizitzen saiatu behar duzu, Ibrahima, zure barruko itsaso zikin horretatik atera, eta lurrean ibiltzen hasi, beldurra sentitu, min hartu, besteok bezala". "Zuk nire mina ez dakizu zer den, Emi", erantzun nion, "zuk ez duzu anaia txikia galdu Ibrahimak bezala". "Hala da", onartu zuen, "arrazoi duzu, eta Emirentzat hitzak zailak dira orain. Beste gisa batera esango dizut: nahi duzu bihar goizean nirekin lanera etorri?".

Sabratha ondoan, Zintanen, *chantier* txiki bat ezagutzen zuela kontatu zidan. Nagusiak arabiarrak zirela, baina ez nik ezagutzen nituenak bezalakoak. Esplikatuko ziela ni bere laguna nintzela eta agian lana emango zidatela. "Pentsatu behar dut, Emi", erantzun nion.

Nire zain egon zen.

"Pentsatu duzu?". "Bai. Ni ez noa *chantier* horretara, Emi, badakit nondik ihes egin nuen eta beldurra ematen dit berriz jende hori ikusteak". "Ibrahima, han ez duzu beldurrik eduki behar, han ez zaitu inork joko, han lan egingo duzu eta ordainduko dizute". "Zuk bermatzen didazu hori?". "Bai". "*Oke*", etsi nuen.

Biharamun goizean Emirekin joan nintzen lanera. Egun osoa adreiluak lekuz aldatzen pasatu genuen. Adreiluak hartu eta adreiluak utzi, adreiluak hartu eta utzi. Hori zen lana. Hori eta Alhassane. Alhassane esaten dudanean esan nahi dut nire errua, nire utzikeria, *faute de négligence*.

Gau batean, Emirengana hurbildu, eta, "Emi, nekatu naiz hemen, Aljeriara itzuli nahi dut", esan nion. "Lagunduko didazu garraioa aurkitzen?". "*Oke*", erantzun zidan.

V

Pick-up batean itzuli nintzen Aljeriara, ni bakarrik. Ni eta gidari arabiar bat. Gidariak aurrean igotzeko esan zidan, eta hala egin nuen. Kabinak kristal erreak zituen. Hola kanpoan dagoenak zu ez zaitu ikusten, baina zuk hura bai. Land Cruiser hartatik dena ikusten zen.

Han, ordea, dena da ezerez. Basamortu hutsa. Hondarra eta hondarra. Gaur gu biok joaten bagara hara eta esaten badidazu, "lagundu Aljeriara", nik ez dut bidea aurkituko. Basamortua ikusiko dut baina ez dut jakingo nora jo. Arabiarrek bai, arabiarrek basamortua ongi ezagutzen dute.

Land Cruiserra mugara iritsi baino lehen gelditu zen herri txiki batean, eta, "jaitsi", agindu zidan txoferrak. Hala egin nuen. "Libia hemen bukatzen da", esplikatu zidan, "hemendik aurrera oinez segitu behar duzu". "*Oke*".

Hori niretzat ez zen arazoa, lehen ere ibili bainintzen ni han, bi ginearren atzetik, gauez. Banekien muga hori nola igaro. Beraz, hamazazpiak zero zerotan, Ghadameseko iturrian ura hartu eta oinez abiatu nintzen.

Gaua punta batetik bestera zeharkatu nuen, hondarretan, eta argiarekin batera iritsi nintzen Aljeriara. Libia aldetik zatozenean Aljeria Deb Deben hasten da.

Deb Debeko geltokiak, izkina batean, iturri txiki bat du. “Otoitz egingo dut”, erabaki nuen, eta hara hurbildu nintzen. Otoitz egin aurretik aurpegia garbitu behar duzu. Hiru aldiz. Gero eskuak. Eskuak ere hiru aldiz, poliki-poliki, ukalondoak ukitu arte. Gero burua dator. Eta ilea. Hori behin bakarrik busti behar da, baina ura azal barrura sarraraziz. Azkenik oinak. Oinak ere hiru aldiz garbitu behar dira. *Voilà*. Orain otoitz egin zenezake.

Hala egin nuen, jainkoari eskerrak emateko. *La Lybie c’est fini.*

VI

Aljeria erdia baino gehiago basamortua da. Mali ere bai. Baina zu batean eta bestean ibiltzen bazara basamortua ez dela beti berdina ohartzen zara. Maliko basamortuan gorpu asko dago. Han, hiltzea bizitzea baino errazagoa da. Haizea gorputzera lotzen zaizu, eta oina sablean hondoratzen. Aljerian bidea trazatua dago, kamioientzat, autobusentzat, pick-upentzat, denentzat. Zuretzat ere bai. Gudroizko bide batek zeharkatzen du hondarra, eta bide bazterrean herri txiki batzuk daude, herri aljeriarrak. Buztinezko etxeak, lurrezko kaleak, meskita bat, eta iturritxo bat. Han zure bidoi txikia urez bete eta oinez segi zenezake.

Nik sei egun igaro nituen oinez, Ouarglatik Ghardaiara. Ehun eta laurogeita hamar *kilo,* ezer jan gabe. Edateko, ura. Baina hori ez da afera handia niretzat, zeren eta orain badakit, goseak ez du pertsona hiltzen, minak ere ez. Hiltzeko beste taktika bat behar da.

Batzuetan, pentsatzen hasten naiz, eta galdetzen diot nire buruari, "zer da okerrena, gosea edo mina?". Eta kalkulatzen dut, "nire ustez bi horien artean gosea da lehena, bai, gosea". Zeren eta goseak ez du lotsarik, gose zarenean edozer egingo duzu jatekoa aurkitzeko. Min duzunean pixka bat itxaron zenezake, eta pazientzia hartu.

Baina min guztiek ez dute pazientzia bera.

VII

Hortzetako mina Zawiyan hasi zitzaidan, oiloen hangarrean. Eta Ghardaiaraino nire atzetik etorri zen. Egiten nuen, "min honek ez ote nau inoiz ahantziko?". Eta desesperatzen nintzen, minak ez baitzuen mugarik. Egunez bezala gauez. Ez nuen lorik hartzen.

Medikamentu baten bila ibili nintzen, baina ez nuen sosik, eta ez zidaten eman. "Pasako da", esan zidaten, eta ez zen pasatu. Hiltzeko gogoa nuen, gero eta handiagoa. Otoitz ere egiten nuen, hil nendin. Bai, otoitz. Nik ez nuen hemen gelditu nahi. Zertarako? "Han bazaude, hilik", pentsatzen nuen, "lasai egon zaitezke, inork ez zaitu molestatuko, inork ez zaitu joko, inork ez zaitu iraindoko. Gainera ez zara gose izango, eta ez duzu urik edan beharko". Hori dena pentsatzen nuen.

Kalera irten eta soka baten bila abiatu nintzen. "Hari bat behar dut", esaten nion jendeari, "soka fin bat, baina lodi baten indarra duena". Ez zidaten ulertzen. Eta nire aurretik pasatzen ziren, han ez banengo bezala, mutu bat bainintzan. *"Jaarama buy"*. Egun oso batez ibili nintzen Ghardaian soka baten bila, baina ezer ez. Ez zidan inork entzun, ez zidan inork eman.

Azkenean, Ivuren aterpetxera itzuli nintzen. Ivu bolikostarra da, eta *trankilo* batean egiten du lan Ghardaian. Hara sartu eta tapiz luze bat ikusi nuen, horko moketa hori bezalakoa, baina pixka bat luzeagoa. Hari mutur batzuk solte zituen, ongi josi gabe, askatzen hasiak. Horietako bati indarrez tira eta tapiz barrutik kanpora atera zen, oso-osorik, haria. "Honekin saiatuko naiz", pentsatu nuen, eta hasi nintzen.

Bat, mutur batean korapilo bat fabrikatu nuen, *un noeud de tête*. Bi, ahora sartu, eta gogor tinkatu nuen. Bai, "orain hortza preso dago". Hiru, hariaren beste punta nire oin bati lotu nion, hola. Eta hankarekin hortzari tiraka hasi nintzen. Lehenik ezkerrera eta gero eskuinera, behin eta berriro. Askotan errepikatu nuen mugimendu hori. Hortza batera

 eta bestera zebilen, kolunpioan bezala, baina ez

zuen atera nahi. "Badakit", pentsatu nuen, eta oina lurrean utzirik, zutitu egin nintzen. Krak. Lurrera erori zen. Hortza. Bere hari eta guzti.

Biharamunean, aurpegiaren alde bat puzten hasi zitzaidan, zodiak bat bezala. Hasi masailetik eta kopetaraino. Begirik ere ez zen ikusten. Hondoratua gelditu zen, haragiaren azpian, preso, zabaldu ezinik. Hola ibili nintzen, bizpahiru astez. Azkenean, haragia haizea galtzen hasi zen, eta ahoko mina, poliki-poliki, desagertzen joan zen.

Osatu nintzenean, "lanean hasi behar dut", pentsatu nuen. Eta Ghardaian lana bilatzeko espaloira abiatu nintzen, Ismail txikiak erakutsi zidan hartara. Gizon zahar bat hurbildu zitzaidan eta ea zimenta nahasten banekien galdetu zidan. Nik baietz erantzun nion, "*bien sûr*".

Aste oso bat pasatu nuen Ghardaian, izerditan, zimenta nahasten. Izerdi horrek indarra eman zidan. Indarra esaten dudanean bizitzen segitzeko intentzioa esan nahi dut. Diru pixka bat irabazten hasi nintzen, eta baita mundu honetan leku bat izan nezakeela ulertzen ere.

Baina munduak leku bat baino gehiago du, eta nire ondoan zimenta nahasten zuen batek, "Aljerren hemen baino lan gehiago dago, eta hobeki ordaintzen dute", esan zidan. "*Oke*", eskertu nion, eta lana bukatutakoan geltokira jo nuen.

Ghardaia-Aljer, mila eta berrehun dinar. Hogeita biak zero zerotan abiatu nintzen Ghardaiatik eta eguna argitzean Aljerren nengoen.

VIII

Pixka bat atzera egin behar dut, Ghardaian gauza bat ahaztu zaidalako, gauza bat kontatzea. Kontatu nahi dizudana ez da esplikatzen erraza, baina niretzat inportantea da. Emik bezala hitz egingo banu, oso erraz formulatuko nizuke, baina ni Ibrahima naiz, eta nire hitzekin saiatuko naiz. Ea ulertzen didazun.

Libiara joan baino lehen jende asko ezagutu nuen Ghardaian, baina Libiatik itzultzean askok ez ninduen ezagutu. "Ibrahima erotu da", hasi ziren esaten. Nik ez nuen ezer erantzuten baina dena entzuten nuen. "Ibrahima eroa da orain", hori zioen jendeak.

Lehenago etorri handia nuen, eta umorea. Baina Libiatik mutu itzuli nintzen. Hortzetako mina nuen. Eta burukoa. Buruko mina nuen gorputz guztian. Konkretuki, bi buruko min. Bat, Alhassane, eta bi, ama. "Nola esplikatuko diot *naufrage* hitza gure amari? Nola kontatuko diot Alhassaneren berria?". Erantzun-hitzak asmatzen hasten nintzenean pentsatzen nuen, "orain bizitza ez zait interesatzen".

Eta ez nuen ezer esaten. Ez nuen ezer egiten. Etzanik egoten nintzen, edo eserita, eta entzuten nuen, "Ibrahima erotu da".

Egun batean, lagun batek ikusi ninduen, eta esan zidan, "Ibrahima, gaur zerbait jakin dut". Nik, "zer?" galdetu nion. "Jendea hizketan sumatu dut *trankilo*-an eta esaten du zu erotu egin zarela". "Bai", lasaitu nuen, "hori egia da, ez zara enteratu, ala?". Ezetz erantzun zidan. "Ba hala da", azaldu nion, "esan dizuten bezala, ni orain ero bihurtu naiz, eta? *Ça te pose un problème*?". "Ez", isildu zen. Orduan, nik jarraitu nuen, "badaukazu zigarro bat?". "Bai". "Ba eman, otoi".

Zigarroa piztu eta isilik gelditu nintzen. *Un fou c'est comme ça*, ez duzu ezertarako indarrik, ez zaizu jendea interesatzen. Nahiago duzu bakarrik egon.

Hemen ere sarri egoten naiz bakarrik, pentsatuz, "nola bizi ninteke nire bizitzarekin?". Baina kontzentratu, eta ingurura begira hasten naiz, ezkerrera, eskuinera. Askotan esaten zuen aitak: "*Quel que soit x*, zu beti erdian egongo zara, norbait egongo da zure aurrean, eta norbait egongo da zure atzean. Bizitza hola da, eta ezin duzu inoiz esan: nik inork baino gehiago sufritzen dut".

IX

Ikusten duzu mutiko hori, hor eserita dagoena, egurrezko aulkian?

Hori Ousmane da, orain dela bi hilabete iritsi zen Iruna. Aterpetxean beti liskarrak sortzen ditu, ez da sekula baretzen. Egun guztian ez du hitzik egiten, salbu zigarro bat eskatzeko, hori bakarrik, beste guztiak ahaztu zaizkio. Denek esaten dute erotuta dagoela. Bai, erotuta. Hitza erraza da. Baina nik ulertzen dut.

Nik ere badakidalako zer den izpiritua itzulika ibiltzea, eta abiatzen denean ez da erraza berriz ekartzea. Jende asko dago hola, nik ikusi dut. Libian, Aljerian, Marokon, jendea galduta, etsita, nahiago hilda, baina bizi. Bizi, jakin gabe norako, jakin gabe zertarako. Hemen ere berdin da.

Begira, hor dago Ousmane, gaur ere, bere egurrezko aulkian, ikusten duzu? Zer ari ote da pentsatzen? Lortuko ote du oroitzen duen guztia ahaztea?

Guk gorpu asko ikusi dugu bidean. Batzuk basamortuan, besteak itsasoan. Hilotzak han daude, guk mugitzen segitzen dugu. Hori da diferentzia. Baina gure mugimenduak beste norbaitek antolatzen ditu. "Zoaz hara", esaten digute, eta gu hara goaz. "Zatoz hona", esaten digute, eta gu hona gatoz. Galderarik egin gabe. Egunak pasatu. Aulkian eseri eta zigarro bat erre. Norbaitek beste bat eskaini arte.

Orekaren haria mehea da, eta zaila da ez etetea. Horregatik, gaur, Ousmaneren ondoan eseri naiz, eta esan diot, "ez askatu, Ousmane, eutsi". Sentsibilizatzen saiatu naiz, jarrera alda dezan. Baina erantzun dit, "*koto*, honezkero nire bizitza ez da konponduko". Eta isilik geratu naiz, zeren eta nik ulertzen dut Ousmane. Bere hitzak, eta bere hitzik eza. Sufrimendu hori ez da pertsona batentzat egina.

Hola sufritzen baduzu zu ere gaixotuko zara. Zure buruak egurrezko aulki batean utziko zaitu, eta joango da. Agian, betiko. Jendea zure ondotik pasatuko da eta esango du eroa zarela. Bai, ero hitza erabiliko dute, beste hitz bat bailitzan. Hori erraza da.

X

"Zuk maitasun pixka bat behar duzu, Ibrahima", esan zidan lagun batek, "pertsona bat aurkitu eta eskutik heldu, horrek lotuko zaitu bizitzara". "Badakit", erantzun nion, "nik ere nahiko nuke hori, eta egun batean familia bat eraiki, nire ilusio handiena da. Baina orain ezin dut, kezka gehiegi daukat gorputzean".

Eta hala da, hemengo jendeak ez du sinisten, baina nik ez dut nire herritik abiatu nintzenetik maitasun harremanik izan. Ez dut bilatu. Eta ez naute bilatu. *Tout simplement*. Basoan nengoenean, batzuetan, emakume bat hurbiltzen zitzaidan eta galdetzen zidan, "Ibrahima, joango zara guretzat ur bila?". Nik, "noski", erantzuten nion, eta joaten nintzen. Ahal nuen guztian hari laguntzen saiatzen nintzen, baina zerbait ezin nuenean, "ez, hori ez da posible", esaten nuen.

Zuk buruan asmo bat duzunean zure bihotzak hori landuko du, eta horren bila abiatuko da, baina ez baduzu pentsatzen bihotza mutu egongo da, eta gogoa ez da abiatuko. Beraz, egia da, nik ez dut bidean holako esperientziarik izan, baina horrek ez nau kezkatzen, *rien du tout*. Ni kezkatzen nauen bakarra nire bizitza da. Noiz eta non ikusiko dut ama? Eta zer pentsatuko ote du hark ni ikustean?

Buruan dudan bakarra hori da.

XI

...barkatu, haria galdu dut. Non geunden?

... a bai, Aljer.

Aljerren urte bat eta hiru hilabete egin nituen, Birkhadem auzoan. Gutxi gorabehera bostehun egun. Egun bakoitza pasatzeko hiru lagun: ura, hondarra, eta porlana. Jantziak ere hiru: pala bat eta bi eskularru. Eskularruak nik erosi nituen, nire eskua gastatzen ari zelako. Baina Birkhademi eskuak ez zaizkio sekula gastatzen, hara egunero iristen da izerdi berria. Malitik, Nigeriatik, Kamerundik, toki guztietatik. Egunero. Dena immigrazio. Basamortua zeharkatu duen afrikarra, edo gerratik ihes egin duen siriarra. Logika oso sinplea da, lana gogorra baldin bada immigrazioak egingo du.

Birkhademen lana erdi gordeka egin behar zen, Poliziak ez atzemateko. Gauetan ere ez ginen *chantier*-etik ateratzen, badaezpada. Hormigoizko bloke handi batzuen azpian ezkutatuta egiten genuen lo. Horra gure ohea, betoi puska bat. Eta horra gure estalkia, kartoi txatal bat. Egunsentian, jaiki, otoitz egin, kartoiak tolestu, eta lanera.

Chantier-etik kanpo nik ez dut Aljer ezagutzen. Gu herrialde magrebtarretan ez gara errespetatuak. Inoiz zerbait erosi beharrez denda batera sartzen banintzen, kanpora bidaltzen ninduten, "hemen animaliarik ez". Eta espaloian irainak entzuten nituen. Edo ez zuten ezer esaten, baina sudurra tapatzen zuten, nire ondotik pasatzean.

Herrialde magrebtarretan umiliazioa etengabea da. Eta ez da Polizia bakarrik, jende arrunta da, zu eta ni bezalakoa, askotan haurrak. Eta zuk ez daukazu onartu besterik, ezin duzu ezer esan.

XII

Aljerrek hiru geltoki ditu. Bat trenena, bestea taxiena, eta azkena autobusena. Autobus geltokiak Kharuba izena du. Han erosi nuen Oranerako txartela.

Aljer-Oran, zortziehun dinar, sei ordu.

Autobusetik jaisterakoan gizon bat hurbildu zitzaidan, eta "egun on" esan baino lehen, "nahi baduzu nik lagunduko dizut Marokora", eskaini zidan, "harako bideak ongi ezagutzen ditut". Pasatzaile bat zen, baina ez zen arabiarra. "*Je suis du Gabon*", esan zidan, "eta urteak daramatzat Aljerian". Hasieran konfiantza egin nion, baina informazio pixka bat eman orduko ehun euro eskatu zizkidan. "Hori da nire lanaren prezioa".

"Barkatu", erantzun nion, "nik ez dut ezer pagatuko Marokora iritsi arte". "Beste guztiek hala egiten dute", haserretu zen, "zuk ere besteek bezala". "Ez", eutsi nion, "zu zure lanaz fidatzen bazara zuretzat berdin du diru hori hemen edo han jaso". Eta billeteak erakutsi nizkion, ehun euro, Aljeriako dinarretan, ez nintzela tranpan ari ikus zezan. Pixka bat pentsatu, eta, "*oke*", erantzun zidan, "gaur arratsaldean abiatuko gara".

Tren bat hartu genuen, Orandik ez dakit nora, eta herri txiki batean jaitsi ginen, berrogeita lau pertsona. Denak ni bezalakoak. "Hemendik aurrera oinez segituko dugu", esan zuen gabondarrak, eta mendi artean galdu zen gure pausoa. Orduan ulertu nuen, "ez dugu hesirik saltatuko, Aljeriatik Marokora menditik igaroko gara".

Mohamed Salah arroila luze eta sakona da. Guk *tunela* esaten dugu, frantsesek *le canyon* deitzen dute. Bertigo handia duena ezin da hara joan, amildegi ertzetik ibili behar duzulako. Han dena da arrisku. Pertsona arrunta ez dago ohitua holako lekuetan ibiltzen. Polizia ere ez.

Bi gau oso igaro genituen pasatzailearen orpoari segika. Egunez, basoan ezkutatzen ginen, eta eguzkia desagertzean bidera ateratzen. "Marokoarrek proiektore luzeak dituzte eta mendi gainetik dena kontrolatzen dute", abisatu zigun gabondarrak, "kontuz ibili behar da".

Noizbait, mendiak zabaltzen hasi ziren, eta arroilaren ertzean zerbait agertu zen, argi mehar bat. Haren seinaleari segituz gudroizko bidexka batera iritsi ginen. Han minibus zahar bat zegoen gure zain, Ujdaraino eraman behar gintuen.

Minibusera igotzean esku batek geldiarazi ninduen. "Eta nire sosa?" galdetu zidan.

XIII

Ujdatik Tangerrera bide luzea da, oinez egiteko gehiegi. Nire oinak, orain, ez dira hainbeste ibiltzeko gauza. Abiatzen badira, basamortuaz oroituko dira, eta berriz handituko zaizkit. Batez ere eskuineko oina. Orduan, gelditu egin beharko dut.

"Autobus geltokia plaza horren atzean dago", esan zidan zahar batek. *"Oke"*, erantzun nion, eta Tangerrerako autobusa hartu nuen. Prezioaz ez naiz oroitzen baina denboraz bai. Bederatziak eta berrogei minututan abiatu ginen Ujdatik eta hemeretziak zero zerotan Tangerren geunden.

Lehen gaua geltokian pasatu nuen, banku batean etzanda. Biharamun goizean, afrikar batek esplikatu zidan, "hemen, zu eta ni bezalakoak basoan bizi dira". *"Ah bon?"*. "Bai". Eta basora igo nintzen.

Ramadan garaia zen.

Tangerreko basoan komunitate bakoitzak bere espazioa du. Hor Boli Kosta, hor Nigeria, hor Kamerun, eta hemen gu. Han gehienak musulmanak ginen baina inork ez zuen baraua errespetatzen, ezinezkoa zen. Basoan ahal denean jaten da, gauez edo egunez.

Ginearron txokoan bakoitzak bost dirham kotizatzen genuen, eta iluntzean, norbait hirira jaisten zen jateko bila. Hara jaistea arriskutsua zen, Polizia zain egoten zelako. Baina goseak ez du ikararik, gose zarenean edozer egingo duzu. Jatekoa ekartzerako sua prest egoten zen, eta emakumeek kozinatzen zuten.

XIV

"Doge-Doge", "Polizia-Polizia"...

Batzuetan basoraino sartzen zen Polizia, eta mendian gora abiatzen ginen denak, korrika. Kamerundarrak, maliarrak, bolikostarrak, eta gu. Afrika osoa, korrika. Gure atzetik Marokoko Polizia, makila ukaldika eta irainka.

Ni bi aldiz harrapatu ninduten. Oraindik nirekin ditut zauriak, adibidez hanka honetan, ikusten duzu? Hau egin nuenean korrika hasi eta zulo batean sartu nuen zangoa. Poliziak mailu batekin puskatu behar izan zuen harria, nik hanka atera ahal izateko. Gero, poltsikoak hustu, autobus batean sartu, eta Tiznitera bidali ninduten. "Ez itzuli hona".

Baina itzuli nintzen. Ez baitzidaten dirurik kendu. Diru poltsa bai, nire anaia txikiaren argazkiarekin eta Sony Ericsson telefono batekin. Baina dirurik ez. Nik bakarrik dakit non gordetzen nuen.

XV

Hiru hilabete egin nituen Tangerren. Hogeita lau orduan nire ingurua zelatatuz, beti ikaran. *Programa* batean enbarkatu nahi nuen, baina ez zen erraza. Pasatzaileek lau mila euro eskatzen zizkiguten, edo hiru mila eta bostehun. *Au minimum minimum*, hiru mila. Eta nik bi mila eta zazpiehun euro nituen.

Tonbola ez da merkea, eta arriskutsua da.

Desesperaturik, askok mirarizko aukera baten alde egiten du; *le ramer-ramer.* Lau edo bost lagunen artean dirua kotizatu eta plastikozko zodiak txiki bat erosten dute. Egurrezko makila batzuk arraun hartu eta abiatzen dira. *Programa* horrek ehun euro bakarrik balio du, baina arriskua handia da. Zodiakera ura sartzen hasten baldin bada, *c'est fini.*

Orain dela gutxi jakin dut Tangerreko basoan utzi nituen lagun batzuek bizia galdu dutela itsasoan. Messengerrera mezu bat bidali didate.

XVI

"Nadorren Europarako *programa*-k merkeagoak dira hemen baino". Hori maliar batek esan zidan Tangerren. Nik berehala kalkulatu nuen, "han merkeagoak baldin badira zuk zer egiten duzu hemen?", eta ez nion sinistu. Baina Nadorrera joan nintzen.

Guztira sei hilabete egin nituen Nadorreko basoan. Han nire begiek ikusi dutena ez da erraza esplikatzen.

Yirri, gure hizkuntzan, arroza da, eta *yedurne*, haurdun dagoen emakumea.

Igandea zen, edo larunbata, orain ez naiz oroitzen. Emakumeek arroz koipetsua prestatu zuten. Ni goizeko bostetan jaiki nintzen ur bila joateko, eta hamaikak aldera marmita prest zegoen. Bakoitzak gure katilua eskuetan geneukan, zain geunden, bi egun generamatzan jan gabe. Baina norbaitek, zutitu eta, "*doge-doge*" oihukatu zuen. Begiak jiratu eta polizien kamioiak ikusi nituen basopean. Dena inguraturik zeukaten.

Mundu guztia katilua airera jaurti eta korrika abiatu zen. Nik pixka bat itxaron nuen. "Txoriak baino lehen jaiki naiz ur bila joateko, emakumeek goiz osoa pasa dute arroza prestatzen, ez diot marmita hau poliziari utziko". Oihal handi bat hartu, korapiloa egin, eta nire buru gainean kokatu nuen ontzia. Teknika hori amak erakutsi zidan haurra nintzenean. Oihala lotu eta sasi artean saltoka abiatu nintzen, marmita buru gainean balantzaka. Polizia nire atzetik lasterka zetorren, garrasi itoan: "stop, *taburdimok*, stop". *Taburdimok,* arabieraz, hitz zikin bat da.

Azkenean zortea izan nuen, ez ninduten harrapatu. Uste dut gizonezko denek lortu genuela ihes egitea. Emakumeek ez. Hori, basoan, askotan gertatzen da. Emakumeek ezin baitute haurrak atzean utzi eta korrika egin. Bizkarrean lotzen hasten dira, edo besoan dindilizka hartzen, eta hola denbora galtzen dute. Egun hartan emakume asko eraman zuten Nadorretik.

Gu handik hiru edo lau ordura itzuli ginen berriz lehengo lekura, eta katiluak mila puska eginda aurkitu genituen. Poliziak hankapean ibili zituen, edo harri kolpeka txikitu, ez genezan deus jan. Orduan taldeko batek, "eta non dago arroza?" galdetu zuen, “hemen utzi dugu marmita ala?”. “*Bunbula* horiek akabatu egingo gaituzte azkenean”. *Bunbula,* basoko lengoaian, polizia da.

Ni zuhaitz baten atzean ezkutatuta nengoen, eta dena entzuten nuen. Atera nintzenean garrasika hasi ziren, “*eeeeeehhh, grand el-Haj!* Marmita gorde duzu? Biba Ibrahima handia!”. Marmita lurrean pausatu eta denak arrozari mokoka hasi ziren. Eroak bezala.

XVII

Tripako mina ez zitzaidan Nadorren hasi, Aljeriatik nirekin zetorren. Jaio nintzenetik ez nuen halako oinazerik izan, eta pentsatzen nuen, “gizona laster desagertuko da”. *Gizona* esaten dudanean gizon hori ni naiz, eta mina ere ni, oso-osorik ni. Baina batez ere nire tripa, nire bularretik hasi eta hanka arteraino. Zuk orain aliketekin hesteak tinkatuko bazenizkit bezala.

Baina Tangerren edo Nadorren ezin nuen ezer egin. Marokon ez da hemen bezala. Hemen ospitalera eraman naute eta medikuak esan du, “hau gaur bertan ireki behar da”. Lo utzi nau, eta sabelean hogei agrafarekin esnatu naiz. Hernia nuen urdailean. Baina Aljerian edo Marokon ezin zara ospitalera joan. Atetik igaro orduko esango dizute, “zoaz zure herrira, hau ez da zure lekua”. Beraz tripako minarekin bizi nintzen, eta pentsatzen nuen, “gizona laster desagertuko da”.

Egun batean, lagun bat hurbildu zitzaidan, eta, “Ibrahima, *marabout* bati deituko diot”, esan zidan. Afrikan *le marabout* gorputzaren sekretuak ezagutzen dituen pertsona da, baina ez da medikua, ez du sekula eskolarik zapaldu. Nik ezetz esan nion, “pasako da”. “Ez, Ibrahima”, tematu zen, “nik zure begietan ikusten dut zure oinazea, eta oraintxe noa *marabout* baten bila”. Bost minuturen buruan han geunden biak. Ni ginearra, hura nigertarra. Ni tripako mina, hura *le marabout*. Bizpahiru galdera egin zizkidan eta *maraboukeriatan* hasi zen.

Bat, tripa ukitu zidan. Bi, besoak mugitu. Eta hiru, begiak itxi zituen. Begiak itxita hobeto pentsatzen da. “Ibrahima, nolakoa da mina?” galdetu zidan. “Amak mundura eman ninduenetik ez dut holako oinazerik izan”, erantzun nion. “*Oke*, min hori kentzeko landare bat jan behar duzu. Landare horren izena da...”.

Orain ahaztu zait. Alta, banekien... Zaude.

Ez, ez dator. Berdin dio. Gainera nik ez neukan konfiantzarik, eta esan nion nire gorputzak ez zuela halakorik jateko ohiturarik. “Ibrahima, hori da zure medikamentua”, errepikatu zidan, “hori da sendatzeko jan behar duzuna”. “*Oke*”, erantzun nion, “mila esker”.

Baina ez nuen jan. Zuk gorputzean min bat duzunean horrek beste zauriak lotzen ditu, eta ahaztarazten. Eta nik banekien tripako mina pasatzean zerk joko ninduen. "Alhassane, *miñan...*". Baina min horrentzat ez dago basoan landarerik, hori nik badakit *marabout* izan gabe.

Beraz, tripako minak lagundu zidan Aljeriatik Marokoraino. Ujdan hiru egunez ibili zen nirekin, eta Tangerren egun gehiagoz. Nadorren berdin. Baina han ez da hemen bezala. Ospitalera joaten bazara hurbilduko zaizu norbait eta esango dizu, "hau ez da zure lekua, kanpora hemendik".

Eta aliketek zure hesteak tinkatzen segituko dute.

XVIII

Basoan bizi zarenean, Tangerren, edo Nadorren, berdin dio non, bada beti beste baso bat, ikusten ez dena, bakoitzak bere baitan daramana. Jendea isilik dago, inork ez du ezer kontatzen, baina begiratzen diozu begietara, eta sumatzen duzu baduela zerbait, ihes egin ezin diona. Polizia erraza baita driblatzen, baina beste hori ez.

Beste hori esaten dudanean esan nahi dut bakoitzaren historia.

Nik ez bainuen abenturara abiatzeko intentziorik. Ni kamioiak gidatzen ikasten ari nintzen, eta pentsatzen dut pixka bat segitu banu laster lanean hasiko nintzela. Ofizio horrekin nire familia mantentzeko modua izango nuen Gineatik atera gabe. Hori zen nire helburua. Baina anaia txikiak alde egin zuen eta nire destinoa aldatu zen.

Aljertik, amari deitu nion. Ostirala zen. Esplikatu nion ez zuela Alhassane berriz ikusiko, eta garrasika hasi zen, negarrez. Momentu hartan negar asko egin zuen amak. Gerokorik ez dakit. Telefonoaren kreditua agortu zen, eta ezin izan genuen elkarrizketa bukatu. Deia moztu zenean nik ere egin nuen negar, maite nuelako haur hura.

Horregatik, *beste hori* esaten dudanean esan nahi dut bakoitzaren historia. Norberaren ametsak eta erruak. Baina alferrik da, basoan zaudenean, atzea urrunegi dago, eta aurrea ez dakizu existitzen den. Basamortuaren eta itsasoaren artean harrapatuta zaude, erdi-erdian, animalia bat bezala. Eta hori da, Tangerren edo Nadorren, gutako bakoitzak isil-isilik daramana, bere hesteetan.

Hemen ere, *beste horrek* egunero atakatzen nau ni, eta beldur naiz. Beldur, nire arreba txikiak ere galduko ote ditudan. Rouguiatou eta Binta. Etxetik joan baino lehen bazen gure artean hitzez esplikatzen erraza ez den mugimendu bat. Esaten nien guztia entzuten zuten, eta beti ados zeuden nirekin. Baina etxetik abiatu nintzenetik denbora asko joan da, eta denborak dena aldatzen du.

Horregatik, ahal dudanean, nire amari deitzen diot, eta galdetzen, "ama, arreba txikiak ongi daude?". Orduan amak arreba txikiei ematen die telefonoa, eta galdetzen didate, "Ibrahima, oroitzen zara gurekin?".

XIX

Inoiz, etxera itzultzen banaiz, eta ama eta arreba txikiak han badaude, kontatu nahiko nieke zuri kontatzen ari naizen guztia. Pixka bat uler nazaten, haiek ere. Ez baitakite ezer. Telefonoko kreditua motza da eta bidea luzea. Baina egun batean, hara itzultzen banaiz, eta han badaude, haien alboan eseri, eta kontatuko diet.

Bizitza ez da esaten erraza. Lehenik Mali, gero Libia. Taf-taf, eta torturak. Bai, hori dena egia da, hola ibili nintzen Alhassaneren bila. Baina hura, zodiak batean enbarkatu, eta itsasora abiatu zen. Ehun eta berrogeita hiru pertsona, eta bera. Nik ez nekien ezer. Harik eta ostiral batez, otoitzetik itzultzean, *naufrage* hitza entzun nuen arte. Orduan ulertu nuen, "*c'est fini*, erori zait eskuetatik".

Hori dena kontatuko diet.

Eta badakit zer galdetuko didaten, ea zergatik ez nintzen etxera itzuli, nire destinoa ez bazen Europa. Nik ere askotan galdetzen diot hori neure buruari, eta ez da esplikatzen erraza. Baina esango dizut. Bat, kulpa batek kolpatzen zaituenean zaila da zure bidea aurkitzea. Bi, Aljeriaraino edo Libiaraino iritsi zarenean, atzera egiteko beranduegi da, etxea urrunegi gelditu zaizu. Eta hiru, nik ez dut nire amaren begiek ni ikusterik merezi. Hori da egiazki pentsatzen dudana.

Horregatik, bada orain denbora pixka bat ez dudala otoitz egiten. Azkeneko aldiz, *tonbola*-ra eraman nindutenean izan zen. Bai, han, *guba*-rik gabe abiatu nintzenean. Otoitz egin nuen, eta pentsatu, "jainkoak ni Europara iristea nahi badu Europara iritsiko naiz. Ez baldin badu hala nahi itsasoan galduko naiz".

Ni ere.

XX

"Nik ez daukat hainbeste diru".

Hala esaten nien basora *programa*-k saltzera zetozen pasatzaileei. Pentsatzen zuten gezurretan ari nintzela, uko egin nahi niola prezio osoa ordaintzeari. Baina egia zen, nik ez neukan hiru mila eurorik. Bi mila eta seiehun eurorekin iritsi nintzen Nadorrera. Beraz, ez ginen ados jartzen eta joan egiten ziren. Pasatzaileak, eta *programa*-k. Aldi oro. Eta ez ziren itzultzen.

Pasatzaile guztiak ez ziren arabiarrak. Batzuk gure etnietakoak ziren, Europara abiatuak, eta komertziorako senak han finkatuak. Komertzioan lan egiteko oso inportantea da bihotza txikia izatea. Hori ez da arazo bat, hori beharrezkoa da, baina mundu guztiak ezin du. Beharbada pixkanaka ikasten da, ez dakit, ni ez naiz inoiz saiatu.

Egun batean Bahry izeneko bat igo zen basora. Ginearra zen, eta pularrez hitz egiten zuen. Hark ere hiru mila euro nahi zituen, beste guztiek bezala, baina nik nire kasua esplikatu nion eta entzuteko denbora hartu zuen. Esan zidan momentu hartan ezin zidala lagundu, baina uzteko tarte bat, hamar egun, edo hamabost, eta erantzungo zidala. "*Oke*, ni ez naiz hemendik mugituko".

Bi hilabete baino gehiago joan ziren eta ez nuen Bahry berriz ikusi. Bere telefono zenbakia paper batean idatzia utzi zidan eta nire lagun baten mugikorretik deitzen nion, baina ez zuen erantzuten. Azkenean etsi nuen, eta pentsatu, "orain baso hau nire etxea da, ez naiz sekula hemendik aterako".

Uste dut asteazkena zela, beharbada osteguna, ez nago ziur, baina Bahry ikusi nuen berriro. Bi marokoarrekin igo zen basora. *Programa* bat prestatzen ari ziren, eta bezeroen bila zebiltzan. Hiru mila eta bostehun euro eskatzen zituzten eta jendea prezioa jaisten saiatzen zen, adibidez hiru mila eta berrehun, edo hiru mila. Baina basoa jendez beteta dagoenean hori ez da erraza. Zuk ezetz esaten baduzu ere, zure atzean beti dago beste norbait. Komertzioa hola da.

Itzulia bukatu, eta niregana hurbildu zen Bahry. "Zer moduz?" galdetu zidan. Nik, "*jam tun*", erantzun nion. "Ibrahima, ez daukat *programa*-rik zuretzat, baina badaukat beste zerbait". "*Ah bon*, zer?". "Nahi baduzu nire etxera etor zintezke, hurrengo *programa* prestatu arte han egongo zara".

Basotik jaitsi, autoan sartu eta bere apartamentura eraman ninduen. Bahry Nadorreko auzo batean bizi zen. Sukaldea, gela bat, eta egongela. Gau hartan kanapean egin nuen lo, eta nire bizkarra asko harritu zen. Bi urte baino gehiago zeramatzan hormigoizko blokeen gainean edo basoan etzaten.

Esnatu nintzenean denentzat gosaria prestatu nuen. Denak, Bahry eta Bahryren emaztea ziren. "Gosaltzen bukatutakoan sukaldea garbitzen hasiko zara", agindu zidan. "Etxe batean emakumeak egiten dituen lan guztiak zuk egingo dituzu hemen". "*Oke*", erantzun nion.

Hiru hilabete eman nituen apartamentu txiki hartatik atera gabe.

XXI

Goiz batean, "Ibrahima, gaur *programa* bat prestatuko dut", esan zidan Bahryk, "jainkoari otoitz egin diot segurua izan dadin, nahiko nuke zu ere ontziratzea". "*Oke*, ez dago arazorik", erantzun nion. Bi mila euroan egin genuen tratua. Hori izan zen nire bidaiaren prezioa. Bi mila euro, eta hiru hilabetean haren etxean egin nuen lan guztia.

Gauean ur ertzeraino eraman ninduen. Zodiakak haizez puzteko bederatzi zulo zituen, eta ito beharrean ari ziren denak, eskuzko ponpekin, hanka azpikoekin, puztu puztu puztu puztu. Ponpa haien musika oraindik nire belarrian dago: ful-ful-ful-ful-ful. Han dena azken momentuan egiten da. Zodiaka puztu, motorra lotu, iparrorratz bat eman, eta uretara bultza. Bazoaz. Ez, zaude. Oraindik ez. Gauza bat ahaztu zait.

Marokoko Poliziak proiektore handi batzuk ditu, eta mendi gainetik dena kontrolatzen du. Gu ere ikusi gintuen, nola gindoazen abiatzera, eta oihuka hasi ziren. Orduan arabiarrek arnasarik hartu gabe segitu zuten ponpatzen, ful-ful-ful-ful-ful. Arabiarrak horretan abilak dira.

Badaezpada zodiaka asko puztu behar da. Batzuetan bidean haizea galtzen hasten delako. Eta normalean behar baino pertsona gehiago daramatzalako. Ful-ful-ful-ful-ful. Gu berrogeita hamahiru pertsona ginen. Haurrak, emakumeak eta gizonak.

...motorra lotu, iparrorratz bat eman, eta uretara bultza. Bazoaz. Orain bai. Zoriaren atzaparretan zaude.

Begiratzen duzu lau aldeetara eta dena da gauza bera: itsasoa. Eta zu ez zara inoiz haren gainean eseri. Orduan motorra itzaltzen da, kapitainak martxa aldatu diolako, edo batek daki zergatik, baina motorra itzali zen.

Zintzilik zegoen haritik tiraka hasi ziren, tira tira tira tira. Etsi arte tiratu zuten. Azkenean motorra berriz arrankatu zen, eta aurrera egin genuen, lur ertzetik urrun. Han, berriz begiratzen duzu lau aldeetara eta dena da gauza bera: itsasoa, eta zuk ez dakizu igerian. Orduan iparrorratza izorratzen da.

Abiatu aurretik arabiarrak esplikatu zigun, “orratza zero eta hamabosten artean baldin badago bide onean zoazte, baina orratza hamabostetik hogeita hamarrera pasatzen bada ez da norabide ona”. Eta nik ez dakit zer gertatu zen, baina norbaitek esan zuen, “iparrorratza kalatu da”, eta orduan zenbakirik gabe segitu genuen aurrera, nora gindoazen ez genekiela.

Itsasoaren erdian desagertu ginen.

Han, begiratzen duzu berriro lau aldeetara eta dena da gauza bera: itsasoa, eta ur azpitik haragi puska handi batzuk ateratzen hasten dira, *ooooooh*. Lehenik igo eta gero jaitsi, *ooooooh*. Norbaitek esan zuen, *“des dauphins”*. Baina nik ez nuen hitz hori sekula entzun, eta ikaratu egin nintzen, uste nuen gainera zetozkidala.

Ooooooh...

Nire izpiritua hegaldaka airatu zen. "Alhassane holako gau batez abiatuko zen", pentsatu nuen. Eta nire familia osoarekin oroitu nintzen. Lehenik aita, gero ama, azkenik etxeko bi txikienak, Binta eta Rouguiatou.

Itsasoaren gainean esertzen zarenean bidegurutze baten erdian zaude. Edo bizitza, edo heriotza. Han ez dago beste aterabiderik.

XXII

Gau osoa igaro genuen itsasoan, noraezean. Jendea negarrez hasi zen, batez ere emakumeak, baina ez emakumeak bakarrik, kapitaina ere bai. Senegaldarra zen. Nik ez dakit nork izendatu zuen espedizio-buru. Itsasoa ezagutzen zuela esan zuen, baina kapitain batek bihotzean indar gehiago behar du, ausartena dela erakutsi, eta hark haur batek bezala egiten zuen negar. Hola zaila da Europara iristea.

Ni nire izpirituaren hegalak lotzen saiatu nintzen, ez gehiago pentsatzen, baina ez zen erraza. Amaren aurpegia ikusten nuen begien aurrean. Eta pentsatzen nuen, "Alhassane holako gau batez abiatuko zen".

Itsasoa oso zabala da, gaua bezala. Baina gauak, pixka bat itxaroten baduzu, ertz batean uzten zaitu, eta orduan eguna da, argia sortzen da. Itsasoaren luzera berriro bistaratzen da, eta pentsatzen duzu, *impossible.*

Halako batean zodiaka haizea galtzen hasi zen. Kapitainak jende guztia alde batera mugiarazi zuen, eta zodiaka ia uzkaili zen. Denek egin zuten oihu, eta gero negar. Nik ere bai. Beldurra hezurretaraino sartua nuen. Han, azkenekoz, lau aldeetara begiratu eta denetan gauza bera ikusi nuen: *impossible.*

Batzuek trapuzko *guba* bat zeramaten soinean, beste batzuek bizikleten kautxua bizkarra inguratuz, *une chambre à air.* Nik ez neraman ezer, eta hori karga bat gehiago zen nire kontzientzian. Nik haiek baino esperantza gutxiago neukala kalkulatu nuen.

Hamaikak zero zero. Dena berdin.

Hamabiak zero zero, eta heriotzaren zain gelditu nintzen. Batez ere atzamarrez zodiaka zanpatu eta ohartu nintzenean ez zuela haize gehiagorik, hertzen ari zela erabat.

Hamahiruak zero zero, eta dena berdin. Heriotzaren zain segitzen nuen.

XXIII

Hamalauak zero zero, eta helikoptero bat. Lehenik entzuten duzu, gero ikusten duzu, azkenik sinisten duzu. Bai, helikoptero bat.

Nire ondoko bi neskari *guba*-k kendu eta airean astintzen hasi nintzen. Ezkerrera eta eskuinera. Ezkerrera eta eskuinera. Besteek ere gauza bera egin zuten. Hori zen gure seinalea. *Guba* guztiak buru gainetan dantzan. "*À l'aide, à l'aide*".

Helikopteroa, gure alturaraino jaitsi, eta inguruan itzulika hasi zitzaigun. Helizeek itsasoa harrotzen zuten eta zodiaka ia irauli zen. Denak garrasika ari ginen, "*à l'aide, à l'aide*".

Ikusi gintuzten, eskuarekin keinu egin ziguten, eta joan egin ziren. Orduan abaildu nintzen. Ama etorri zitzaidan gogora. "Han egongo da herrixkan, zertan ariko ote da?". Helikopteroak ihes egin zuenean handik bizirik ateratzeko itxaropen hondarrik gabe gelditu nintzen.

Berrogei minutu barru, itzuli egin zen. Lehenik helikopteroa, gero barku bat. *Salvamento marítimo.* Koloretik antzeman nion, basoan esplikatu zidatelako, "zuek salbatzera etorriko den barkua laranja baten kolorekoa izango da". Huraxe zen. Denak oihuka hasi ginen: *"Boza! Boza! Boza!"*.

Oihu hori afrikarren arteko kantua da. Itsasoko abentura ongi bukatzen denean egiten da. *"Boza! Boza! Boza!"*. Tangerreko edo Nadorreko basoan, *programa* bat Europara iritsi dela jakiten denean, azkar zabaltzen da berria, "atzo ehun lagunek *boza* kantatu zuten".

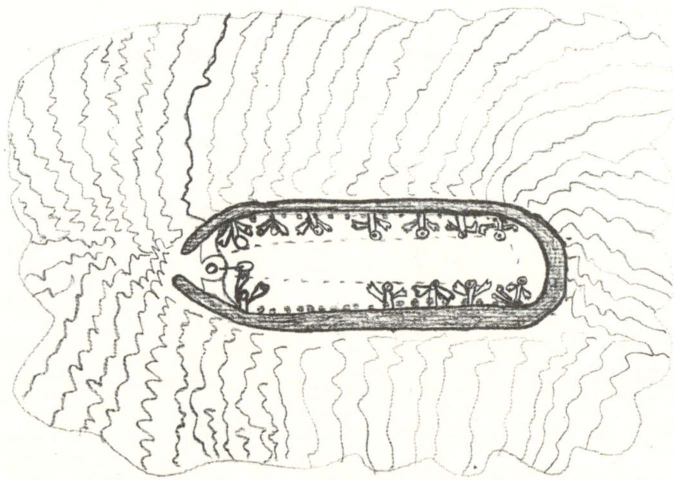

XXIV

Salvamento-ko barkua gure ondoan gelditu zen, eta soka luze bat eskaini zigun. Lehenik haurrak eta emakumeak igoarazi zituzten. Gu denak oihuka ari ginen, gure txanda eskatuz, eta ondoko ontzitik, "*tranquilo, tranquilo*", esaten ziguten. Nik frantsesez hitz asko dakit eta segidan pentsatu nuen, "hitz horrek lasai egoteko esan nahi du". Orduan pixka bat baretu nintzen.

Nire txanda iritsi zen. Soka luzatuz barkura igoarazi ninduten, eta estalki bat eta ura eman zizkidaten. Trago bat egin, eta negarrez hasi nintzen. Haur txiki batek bezala egin nuen negar. Gero, zutik jarri, eta ingurura begiratu nuen, nondik nentorren ikusi nahian.

Orain badakit, itsasoa ez da inor esertzeko lekua.

Eta zu, hainbeste aldiz aipatua,
nor zaren pentsatzen ariko zara.

Zu agian polizia zara,
komisaria bateko mahai batean
nire asiloaz erabakitzen ari dena.
Zuk ikusiko duzu
nirekin zer egin.

Edo zu, agian, nire ama zara
Fatimatu Diallo
hitz batzuk ostu dizkizut,
barkatu,
hau dena ez dizut kontatu orain arte.

Edo zu zara Fatumata Binta
edo zu Rouguiatou
nahi nuke jakin dezazun
Ibrahima ez dela zutaz ahaztu.

Baina kontakizun honek zu gehiago ditu,

zu zara Ismail
edo zu zara Emi
galdetzen dizut gaur bizi ote zaren,
eta non zauzkan zoriak.

Edo zu zara beharbada
orain basamortua zeharkatzen ari zarena,
edo basoan zaudena *programa* baten zain,
zuretzat ere bada informazio hau guztia.

Edo zu zara honaino iristen lagundu didana,
Oranen edo Irunen,
zenbat zu.

Edo sinpleki
zu zara zu
orain poema hau irakurtzen ari dena.

Esango duzu
zu hori ni naiz?

Bai
nahi baduzu
zu hori zu zara,

baina ni ez,
ni Ibrahima naiz,
eta hau da nire bizitza.

Liburu hau Alhassane Balderi
eskainia dago

SALVAMENTO
MARITIMO
ORAN
TANGER
NADOR
MOHAMED
SALAH
UJDA
MAROKO
TIZNIT
GHARDAIA
TAXIMAN
ADRAR
ALJERIA
REGGANE
BORDJ
55 Km
TAALANDA
94
MALI
KIDAL
GAO
GINEA
THIANKOI
BAMAKO
SIGIRI
KONAKRY
NZEREKORE
LIBERIA
MONROVIA
(WATAZAI)

SABRATHA
ZAWIYA
ZINTAN
DEB DEB
GHADAMES
LIBIA

MIÑAN

Hamabigarren edizio hau
Itxaropena SAk
inprimatu du
2021eko martxoan